KB270321

無緣社會
(무연사회)

강만수 시집

사진_ 정종명

無와 有를 동시에 볼 수 있는
눈을 지닌다는 것은 어떤 의미인 건가

무엇인가 내 안에서
튕겨져 나가려고 하는

의미와 무의미의
그 중간쯤에서

불만족스런 꽃들이
비명과 같은 아우성을 지르는

무엇이 있는 건지
그 무엇은 없는 것인지

꽃 중에서 가장 빼어난 꽃도
다른 꽃들과 구분이 되지 않는

存在昏迷의 상태에서
無緣社會의 아픈 봄을 느꼈다.

2011년 봄 강만수

목 차

세월

도로를 달리며 자동차는 기어를 변속한다
보닛에 먼지와 모래가 부옇게 낀 삼단 속도에서

사단 속도로 기어를 변속 먼지와 모래까지
휘날리며 달린다, 달려 나가고 있다

거대한 기계에 낀 미세한 먼지와 모래알 같은 삶들을
이 사회는 돌린다, 돌리고 있다 느린 것 같지만

빠르게 그와 나 아니 우리 모두가 인식하지도 못한
시간은 걷잡을 수 없을 정도로 급히 내달리고 있다

그렇게 늙었다 늙는 줄도 모르고 빠른 시간 속에서
자동차 기어 변속을 몇 번이나 한 건가

인생이란 운전대를 잡고 달리다보니
어느 새 귀밑머리는 하얗게 셌다

디지털 저울가게

오차가 전혀 없는 수치가 매우 정확한 디지털저울 가게
쇼윈도를 통해
지하철역 계단을 올라오는 사람 석간신문을 들고 서 있는
사람들을 봤다

뚱뚱한 사람과 홀쭉한 사람들을 저울에 올려놓고 저 사
람 몸무게는
오늘 내가 마주친 사람들에게 지워진 무게는 어깨를 한없
이 짓누르는

삶이란 하중은 얼마나 되는 것인지 짧지 않은 긴 험로에
서 겪게 될
슬픔과 기쁨을 향해 앞으로 가야만 할 버스에 올라 타

목적지에 도착하게 될 승객처럼 어디선가 올라 탄 뒤엔
반드시 한 번은 내려야만 하는
生老病死로 이뤄진 삶이란 버스는 끝없이 타고 내리는 업
을 쌓는 행위인가

업을 푸는 행위인가 버스는 가고 있다 아직 반도 가지 못
했건만
가끔은 예상치 못한 낯선 정류장에서 갑자기 내리거나 올
라타게도 되는

각기 다른 신지를 향해 쉼 없이 가다보면 윤회란 시스템
이 문득 느껴지는
버스 안에서 도착지를 기다리며 또는 버스를 갈아타기 위
해 줄을 선 채로

스마트폰 문지르기에 여념 없는 중고등학생들 앞에서 죽
장 짚고 서 있는 늙은이
그들 몸무게와 영혼 무게는 그들이 감당해 낸 삶이란 무
게를 저울 위 올려놓고

저울이 나타내는 숫자를 읽고 싶다 몸무게를 뺀 뒤에 숫
자로 나타나는
전생에서 지은 業 현생에선 덜어낸 것인지 더 얹은 것인지

業이란 중량을 반드시 재보고만 싶다
어쩌면 수치가 매우 정확한 디지털 저울로도 잴 수 없을
지도 모르는 그 무게

주머니

저승길 떠날 때는
노잣돈도 필요 없는 것인가

수의에는 주머니가 없다
이승의 모든 것들을

그냥 모두 둔 채로 가면 된다
그렇다 저승길 떠날 때는

그 무엇 하나
지니고 갈 것이 없다

지극한 사랑과
지독한 증오도

모두 다 내려놓고 가면 돼
그래 그렇게 가면 된다

모두들 떠난 길
그 길을 언젠가

가면 된다

이 세상에 온

그 누구도 피할 수 없는 길

가면 된다

이 세상에 온

그 누구도 피할 수 없는 길

빨래

창밖 빨간 벽돌 굴뚝에서
시커먼 연기가 뭉클뭉클 뿜어져 나온다

가을 하늘에 널어놓은 빨래처럼 연기는 마구 흔들린다
몸에 온기라고는 느낄 수 없는

빨랫줄에 널어놓은 흰색 티셔츠와 검정 블라우스는
벽돌공장 굴뚝이 뿜어 올리는 연기와 같다

오래 전 죽은 옛 친구처럼
육신을 비운 영혼이 빠져 나간 것 같은 구겨진 빨래들은

파란 줄 위에서 흔들리고 있다 빨래 방망이에 흠씬
두들겨 맞아 퀭한 눈빛 속 깊은 아픔을 담고서

검푸른 하늘빛으로 인해
시퍼렇게 멍이 든 것처럼 보이는 빨래들은

그들의 몸을 내보이며 바람이 불 때마다
아파 아프다고 비명을 지르고 있다

손수레

제초제를 뿌리고 또 뿌려도 다스려지지 않을 것 같은
잡풀이 길을 막고 서 있는

샛길에서 손수레를 굴렸다
수레는 바퀴가 하나다 외바퀴로 길을 낸

농사철에는 하루도 쉬지 않고 수레로 두엄을 날랐다
두엄을 싣고 다닐 일이 없는 날엔

바퀴를 굴릴 일이 없어 장승처럼 서 있는
수레에 예쁜 여동생을 태운 뒤

집 뒤 강으로 이어진 길을 향해 바퀴를 굴렸다
교통사고로 걸을 수 없게 된

바퀴가 하나뿐인 손수레에
재활치료를 끝낸 동생을 가끔 태웠다

마치 긴 활주로를 숨 가쁘게 내달린 보잉 747처럼
나는 동생을 수레에 태운 뒤 하늘로 날고 싶었다.

기부천사

일곱 대 승합차는 이부자리와 가재도구
일곱 대 트럭들은 칠백여 쌀가마와 밀가루 포대

일곱 대 자전거는 호박과 고구마를 싣고 오고
일곱 대 오토바이는 오이와 가지를 싣고 왔다

어디에서 보내 온 가재도구와 쌀가마인지
어디에서 보내 온 고구마와 밀가루 포대인지

승합차 기사 일곱 명도 모르고
트럭 기사 일곱 명도 모르고

자전거와 오토바이를 타고 온 일곱 명 청년들도 모른다
그저 손을 흔들며

안녕하세요 고개를 숙이고 일곱 명이 번갈아 인사를
한다
쌀가마와 고구마를 내려놓고서

일곱 대 승합차와 일곱 대 트럭들이 차례대로 마당을 빠
져 나간 뒤
일곱 대 자전거와 일곱 대 오토바이도 저마다 제 갈 길을
갔다

눈을 돌린 채 손을 흔들지도 않았다
그들은 우리에게 물 한 모금도 얻어 마시지 않고

일을 마친 뒤 놀란 토끼처럼 후다닥 사라졌다
온갖 농산물과 가전제품들을 잔뜩 받아놓기는 했지만

그것을 보낸 사람이
누구인지 몰라 고맙다는 인사도 하지 못했다

그날 밤 농산물 도매업자와 중고 가전제품 업자를 시설로
은밀히 불러들인 뒤
원장은 시세가의 반 가격에 그것들을 모두 팔아 치웠다

감사한 마음으로

病

나른하다 또한 노곤하고 날짝지근한
마음으로 인해 몸은 자꾸 어딘가에 벌렁 눕고 싶은

그러다 말겠지 했다 그리하다 말고는 했다
낯설게 느껴지는 그런 시간들이 종종 몸 안에서 들어왔
다 나갔다

잠자리에서도 그랬고 잠자리 밖에서도 그랬으므로
별일 아니려니 했다 그러나 별일 있음으로 인해

이제는 몸을 쉬게 한 뒤 찬찬히 몸 안과 밖을
노곤한 건지 축축한 것인지 그 상태를 살핀 뒤

그곳을 지나가야 할 것인지 머물러야 할 것인지 판단해야
만 했다
죽음은 그런 모든 길들을 거친 뒤 갑작스럽게 그에게 다
가왔다

천상에서 만난 다른 이들도 말했다 모두 비슷한 길을 걸
어왔다고 한다

죽음으로 인도하는 지름길은 病이다

고맙게 생각한다.

개그맨

웃긴다 그는 사람들을 웃길 줄 안다
울린다 그는 사람들을 울릴 줄 안다

그는 아무것도 아니다
그는 아무것도 아니기 위해

애쓴다, 애쓰고 있다 어느 순간
그는 무심히 구경거리가 되었다

그 순간 그는 이 시대 최고의
개그맨이 되었다

능수능란하게 사람들을 웃고 울리는 연예인으로
전성기를 구가하던 어느 날

깜박 잊고 먹지 못한 혈압 약으로 인해
갑자기 무대 위에서 쓰러진 뒤

그는 한순간에 모든 것을 잃고서
유명세와 관계없이

아무도 찾아주지 않는

잊혀진 환자가 돼 버렸다

그가 장기 입원하고 있는 병원은

산이 높고 공기만 맑다는 노인 전문 병원이다

그곳 병원 내에서도

그는 웃기는 인간이 아닌 건강관리를 제대로 못한

우스운 인간이 됐다

개그의 기본은 아이러니다

돔덴[*]

고봉에서 장례의식을 치른 뒤

돔덴의 도끼질에 토막 난 몸

짬파에 버무려 던져진 뼈와 살

수십 마리 독수리들 몰려다니다

주검으로 산에 오른 가장 성스러운 곳에 도착한

살과 뼈를 쪼고 있다 이 몸은 언제쯤

저 억센 부리에 쪼일 수 있을 건가

마지막 남은 뼈와 살마저도

자연으로 돌린 뒤

새와 함께 하늘로 오르려는

죽은 이를 여러 토막으로 내달라며

봉투를 내미는

상주들 뒷돈에 힘입어

하늘로 빠르게 오르게 될

주검을 위해

날이 선 도끼와 칼을 들어

시신을 난도질한

돔덴은 씨익 웃었다

누런 이빨을 드러낸 채

* 독수리들이 먹기 좋게 시체를 잘게 토막내는 일을 하는 이들을 돔덴(天葬
死)이라고 하며 티벳의 장례풍습 중 하나임.

詩魔

자판을 두드리다
자판 속 깊이 빠졌다

온갖 시름을 잊게 해준 시라는 귀신은
한 번 들리면 헤어 나올 수가 없다

오늘도 시마를 만났다
빙의 되어 정신을 놓은 채

점심과 저녁시간이 어떻게 지나갔는지
아침 일찍부터 집필실 책상 앞에 앉았건만

벌써 어둡다 어두운 밤이다
시를 쓰는 건 무덤 속

귀신을 만나는 행위
어제와 그제

오늘도 그들을 만났다
내게 그것들은

이곳에서 마냥 계속
그냥 놀자고 칭얼거린다.

무당이 따로 없다

시립 병원

병원 이름만 시립 병원에 도립 병원이며
국립 병원이고 대학 병원인 그 많고 많은 병원들

의사와 간호사들 얼굴을 바라보다
그의 기억 속 몇 십 년도 더 된

오래 전 이야기이긴 하지만 눈길에 엉덩뼈가 부러진
할머니를 오랜 시간 병실에 방치한

조금이라도 달라진 것이 있을까 예전의 그 병원들은
전혀 그렇지 않다고 본다

전과 마찬가지로 고압적인 자세로 귀찮다고 잘 모르겠
다며
급하게 앰뷸런스에 실려 온 응급 환자들을

아예 병원 문 앞에서 내쫓거나
병상 한 구석에 팽개쳐둔 뒤 관심을 보이지 않긴 恒茶飯
事다

며칠 전에도 이 병원에서 저 병원으로 옮겨 다니다
구급처치를 제때에 받지 못한

환자의 부음을 접했다 대구의 큰 병원에서 일어난 일이다
지인을 통해 알게 된 사실이지만 그러나 그런 일들이

그날 하루 그곳에서만 일어난 일이었을까 그들은 왜 죽게
된 것인지
의식을 잃은 중환자들은 이유도 모른 채 시방 죽어 나가
고 있다.

인술을 베푼다는 개념은 까맣게 잊은 건지
장삿속에만 눈이 먼 기업 형 병원들을 봤다

환자가 병원에 발을 들여놓는 그 순간부터 치료가 시작
된다는
세계 의학계에서도 성지라고 불리는

메이요 크리닉과 같은 병원을 우리는 가질 수 없는 것
인가

별궁식당

별궁인지 행궁인지 내게 처음엔 상호가 매우 생뚱맞게 다
가섰던
식당에서 밥을 먹다

아작 모래알을 씹은 뒤 주발 뚜껑에 씹던 밥알을 뱉어내
고 주인을 불렀다
죄송하다며 허리를 숙이는 그에게

별궁 식당 안 식탁 위 수저통을 집어 던질 것만 같은
험한 기세로 그를 불렀으나

식당주인이 오래 전 직장 동료였던 이 주임이어서
슬그머니 찌푸렸던 낯을 펼 수밖에 없었으니

별궁 식당에서 모래알을 씹은 뒤 다시 만나게 된 그와의
인연은
지금도 이어지고 있다

돌멩이를 함께 던지다 되받아 던진 차돌멩이에 머리가 깨
져 피를 흘리며

생업전선에서 서로의 생계를 걱정해주던 그와의 만남은

돌멩이가 이어준 인연이다 악덕 사주에게 돌을 던지다 마
음을 깊이 나누게 된
그러다 밥에 섞인 모래알로 인해

다시 만나게 된 그와 나는 돌질이 이어준 끈끈한 관계다
일석이조인 셈이다

노인

조각배에 몸을 싣고 있는 노인은
노르스름한 달빛을 뚫고 지나가는

저 기러기들 다섯 마리 여섯 마리
그래 빛을 가르면서 날아가고 있는

교교한 월색 아래 기러기들을
눈을 감고서 바라보고 있다

어떤 방법으로 날아가는 것들을
어떻게 품을 것인가

노인은 기러기들을 이미 품었다
그가 담은 우렷한 가슴속 하늘에

비

땅에서 하늘까지 이어진 세상에서 가장 긴 끈
1.2센티미터 2.8센티미터 3.5센티미터로 끊은

하나도 같은 크기로 끊은 게 없는
랜덤의 극치 무작위의 절정 카오스의 완성인

세상에서 가장 긴 끈을 수천수만 수억 마디로 토막 낸
땅에서 하늘까지 잘라 놓은 끈들이 수직으로 떨어진다

끈이 끊어졌다 길게 이어졌던 끈
누군가 수없이 다양한 찰나의 속도로 칼을 들어 벤

머리와 가슴팍에 떨어진 짧게 아주 짧게 패대기쳐 조각난
비수처럼 수직으로 꽂히는

날카로운 비 적이 던진 표창처럼
칼날을 번뜩이며

천둥과 번개 사이 머리와 가슴에 꽂힌 비
온몸이 빗줄기에 흥건히 베였다

無緣社會 1

휴게소 건물 뒤에서 오래 전 가족 영화를 찍었던 그
건물 뒤쪽 하나밖에 없던 관리인 방에 임시로 살고 있었던

노부부가 생각났다 무릎을 꿇고 아내에게 옷을 갈아입히던
욕망이 없는 상태랄까 욕심을 모두 비운 뒤 밥을 떠먹이던

치매 걸린 아내와 남은 인생을 함께하겠다던 그가 생각났다
이 곳 저 곳을 옮겨 다니며

카메라 앵글을 돌리다보면 만나게 되는 노인들은
빛이 안 드는 동굴 속 침대에 누워 있는 것 같다

잠을 자다 잠 속에서 공포에 질려 깨어 일어나 앉게 된다는
그는 그 아내와 함께 난민수용소 같은 그곳을 나가겠다고 했다

부부는 그곳 문손잡이에 끈을 묶어 목을 건 뒤
어느 날 쪽방을 떠났다

포로수용소를 탈출한 패잔병처럼

無緣社會 2

근본 없는 꽃으로 이 땅에 피어나
왜 흙 위에 뿌리를 내리지도 못한 채

뽑혀야 하는가 솎아내기로 했다면
씨를 뿌리기는 왜 뿌려놓은 것인가

꽃병에 꽂힌 근본이 없는 꽃
근본이 없어 꽃병에서 뽑혀 버려진

왜 낳으신 건가요
제 어머니는 누구신지요

無緣社會 3

봉두난발인 여자 왼손과 오른손에
시퍼렇게 날이 선 두 개의 칼을 들고 다니던

그 여자 얼굴은 씻지 않아도 들고 다니는 칼만큼은
공원 식수대에서 땡볕에 번뜩이도록

쉼 없이 갈아대던 몇 날 며칠을 그곳에서
양손에 칼을 든 채 누군가를 기다리며

벤치 뒤 후미진 곳에 웅크리고 있던 눈이 풀린 여자
왼손과 오른손에 각기 다른 크기의 식칼과 과도를

손에 꽉 쥔 채 누군가 그 누군가를 기다리던
누가 그 여자 거친 손에 칼을 쥐게 한 것인가

누가 그 가슴에 시퍼런 칼을 품게 한 것인가
누가 그 가슴에 날선 칼을 꽂은 것인가

그녀 손에다 칼을 쥐게 한 그 가슴에 칼을 품게 한
그녀가 기다리던 누군가는 올 것인가

맨발로 칼을 들고 그녀가 기다리던

누군가는 언제 오려나

피에 굶주린 칼은 배가 고프다

하루 세 끼니 요즘은 누구나가 그렇게 먹고 있다
그러나 누구에게나 주어진 것처럼 보이는 즐거운 식사시
간이

그에게는 박탈되어 있고 잠깐 쉴 수 있는 휴식시간도
없다
직업엔 계급이 있다고 앉고 싶을 때나 서고 싶을 때

잠시 서거나 앉을 수 있는 여유 그것이 계급일 수도 있겠
다는
그런 생각을 한 적은 있지만

하루 세 끼니 밥 먹을 때 밥 먹을 시간이 주어져 있지
않아
선 자세로 아주 급하게 주인 눈치 보면서 밥을 먹어야만
하는

그런 사람들이 이 사회에 아직도 많다는 생각은 못했다
종일토록 한 자리에서 일을 해야만 하는 시장골목 좌판
이 직장인

그들에게 앉고 싶을 때나 서고 싶을 때 서거나 앉을 수 있
는
십 분간 휴식과 그 짧은 여유를 이 사회는 아직도 주지
못한 건가

채석장에서 정을 들고 하루 종일 돌을 깨는 인도의 어린
이가 생각났다
그 아이 처지와 별반 다를 게 없는

그는 최소한의 휴식 시간까지도 스스로 포기한 건가
싸다고 싼 것 있다고 외치는 이를 시장골목 어귀에서
봤다

無緣社會 5

사과를 깨물고 배를 씹으며
포도를 깨물고

자두를 씹으면서 살았습니다,
언덕 위 과수원에서

그녀 앞에 다가선 모진 운명에
삶을 앙다물고 살았다고

사과와 배 포도와 자두를 깨물며 살아낸
깨물 수 있는 것 옥깨물어 깨뜨리기 위해

인생을 그렇습니다, 그녀는 제 스스로의
삶까지도 깨물고 또 깨물었습니다

송곳니가 깨지고 어금니가 으스러지고
앞니가 부러지도록 제 삶을 물어뜯으며

남편을 잃은 뒤
자식마저 잃고서도 살았습니다.

고통에 고통이 더해진
극한 고통을 밀어내지 않고

고통을 받아들이며
그녀는 과수원에서 물러나지 않고

살고 있습니다, 살아냈습니다
이제 그녀 나이 구십입니다

물론 이빨은 하나도 남은 게 없답니다.

無緣社會 6

노인 옆에 놓인 긴 의자에 앉아 있는 개를 바라봤다
개는 꼬리를 살랑살랑 치면서 노인을 향해 웃고 있었다

노인의 기색을 살펴보다 노인 옆 개도 보았다 노인과 닮은
꼴인
얼굴 피부 전체가 축 늘어진 노인이 개를 닮은 것인지

개가 노인을 닮은 건지 아무튼 늙은 개와 노인을 봤다
은박지에 싼 으깬 감자를 접시에 올려놓고 먹고 있는

의자에 앉아 있는 노인이 감자를 먹고 있는 건지
늙은 개가 감자를 먹고 있는 것인지 개와 노인은 함께 먹
고 있다

노인 옆에 놓여 있는 나무 의자에 앉은 개를 바라보다
삽살개를 천천히 쓰다듬으며 힘겹게 웃는 노인과 시선이
마주쳤다

감자를 개에게 먹이는 노인은 개를 향해 추파를 보내는
것인가

개와 노인을 지켜보았던 그 순간 둘은 오래된 연인처럼 보
였다

먼 과거가 돼버린 젊은 시절로 되돌아가 아니 미래로 여
행을 떠나려고 하는 여행객처럼
그 둘은 함께 길을 가려는 것인가

개 같은 늙은이와
늙은이 닮은 개

無緣社會 7

실내는 검박해 보였지만 왠지 고급스런 분위기가 느껴지는 곳이다

그곳의 손님들은 서로 떨어져 거리를 둔 채로 커피를 마시고 있다

실내에 서로 떨어져 커피를 마신다는 것은 공동의 고립감이랄까

혼자인 여자와 남자가 혼자임에 느끼는 고립감을 덜어주는 것 같다

중심에 서 있는 것이 아닌 주변부를 떠도는 사람들과 섞이게 되면

고립감이 희석되는 듯해 외롭다고 느낄 때면 그는 카페를 찾곤 했다

은은한 커피 향이 코를 찌르는 실내에는 남녀 몇몇이 소파에 거리를 두고서 앉아 있다

그는 그 자리에서 과월호 잡지를 보고 있다

눈에 익은 목련 꽃 벽지와 액자 속 사진을 바라보기도 하

면서 가정이 없는

그는 그곳에서 가족적인 분위기를 느껴보려고 애썼다 제
집보다도 편하다는

그런 느낌으로 가족에게 배반당해 밖으로 내쳐진 그는 그
곳에 앉아 있다

고시텔에 묵으며 24시간 편의점과 찜질방을 자주 찾았던
그는 혼자 사는 남자

오래 전 밀림에 살았던 아마조네스는 수태만을 위해 남자
를 취한 뒤 버렸다

긴 머리에 립스틱 짙게 칠한 뾰족구두 여자는 그가 앉아
있는 카페 창 옆으로

허리를 쭉 편 채로 당당하게 걸어간다 레인보우 모텔을
향해

그녀는 남자를 개구리처럼 태질 한 여전사로 보였다

無緣社會 8

그늘진 다리 안 그곳에 다리 쭉 뻗고 앉아 있던
다리 밑에 그는 없다 그는 물살에 휩쓸려간 것인가

어둑한 곳에 혼자 앉아 아이스크림을 빨아 대던
흐르는 물길을 따라 그는 삶을 끝낸 것인가

그렇다 어느 여름 장맛비 세차게 쏟아지는 날
음습한 다리 밑에서 노숙자는 위로 올라오지 않았다

다리 밑 그가 앉았던 곳은 침울했다
그런 느낌이다 장마가 끝난 뒤 바라본 괴괴한 곳

1.5평짜리 쪽방에서 쫓겨나온 지 삼 개월
피시방을 들락거리다 그마저도 여의치 않아

다리 밑에 몸을 눕힌 보름 만이었다.

無緣社會 9

가난으로 인해
그는 혼자 지낼 수밖에 없다

앞으로도 그럴 것이다
옆집에서 사람이 죽어도 모르는

그런 시간을
살아가게 될 것이다

외로움이 북받쳐
견딜 수 없는 삶을

이 사회에서 맺었던 인연
모두 끊어진 채

살아가게 될
당뇨병 환자 노씨

無緣社會 10

바람 빠지는 타이어 같았던 목소리 바람 빠지는 것 같은
목소리를 기억하고 있지 못했다면

알아듣지 못했을 아니 외면하고 말았을
타이어에서 바람이 새는 것 같은 목소리로 문을 두드리며
부르던

바람이 쉬이익 빠지는 소리를 기억하고 있지 못했다면
누굴까 이 밤 문 앞에 선 바람이 빠지는 것 같은

목소리를 기억하고 있었음에 문을 열었다
백화점에 들렀다가 아님 집에서 텔레비전을 보다가도

무엇이든 눈에 띄는 건
마구잡이 쇼핑을 해야만 직성이 풀리는

그녀에게 문을 열어주었다 토요일 밤 늦은 시간에 불쑥
찾아온
쇼핑 중독으로 인해 가계를 파산 시킨 뒤

십 년 전 집 나간 그녀는 아이들 엄마다
집안에 거친 쓰나미를 일으킨 뒤 사라진

분노와 스트레스를 자신의 책임이라고는 전혀 생각하지
않는
중독된 사람은 외로운 법이다

그녀는 언제쯤이나 욕망으로부터 자유로워질 수 있을
건가
스스로 일으킨 쓰나미로 인해 인생 막장으로 떠밀려난
그녀

無緣社會 11

코끝을 들이대면 역하게 콧구멍을 찔러대는 시너나
코끝을 들이대면 혓바닥을 유혹하며 당겨대는 매화주는

뚜껑을 닫아놓지 않으면 어느 순간 증발되긴 매한가지
시너 통 번쩍 들어 머리부터 발끝까지 내리 부은 뒤

성냥을 댕겨 타오르는 불길로 몸을 감싼다면 어떨까
아님 매화주 열두 병을 앞에 놓고 밤새도록 마신다면

그것은 어떨까 그런저런 생각 끝에는 뚜껑이 열려
살짝 맛이 간 비루한 사내의 비겁함이 있다

뚜껑이 열린 매화주처럼 결국 사내는 매화주를 따라갔다
일 년 열두 달 삼백 육십오일

흐린 술 맑은 술 가리지 않고 마구 퍼 마시던 그는 갔다
뚜껑을 닫지 않아 어느 순간 증발된 매화주처럼

도심 변두리 단독주택 지하실 한구석에서 부패가 시작된
열흘이 지난 뒤에야 그의 시신은 이웃에게 발견되었다

無緣社會 12

잘 찾아보도록 하자 낯짝이 두꺼운 그 녀석
온 마을 구석구석을 뒤져서라도 녀석을 찾아내자

얼굴이 검고 곱슬머리인 그는 이곳이 고향이 아닌
어디에서 굴러들어온 것인지 알 수 없는 타관바치

우리와 마주치게 되면 으슥한 곳으로 몸을 피하던
마을에 얼마 전 그가 들어왔다는 소리를 들었지만

어느 구석에 숨어있는 것인지 그를 찾을 수가 없다
조심해야 한다, 숨어 있는 녀석이 어디선가 튀어 나와

우리 모두에게 해를 입힐지 알 수 없다 그렇게 여긴
이곳 사람들 선입관은 전혀 잘못된 생각이었다,

아프리카 나이지리아에서 법대를 졸업한 엘리트인
그 남자는 몇 달 전 가구 공장에 취업한 성실한 사내다

無緣社會 13

그에겐 지루한 시간만 있다

사십대 중반 젊다면 아직 젊은 나이인

그는 시간을 죽이는 것이 일이다

시간을 잡아서 죽이겠다는

길거리와 역사 옆 후미진 곳에서

먹고 싸며 자게 된 그에겐

찾아갈 친구와 형제 그 옆엔 아무도 없다

그가 몸에 지닌 건 시간이다

느리게 흘러가는 무료한 시간만 남은

입이 찢어지도록 하품을 해대며

더딘 시간을 뭉개는 그에게도 일이 있다

가슴과 겨드랑이와 사타구니 가렵게 만드는 이를 잡는 일

길가 공원 벤치에 앉아

재떨이 통을 뒤져 꽁초를 주워 피운 뒤

왼쪽 엄지손톱과 오른쪽 엄지손톱으로 톡 톡 그는 이를
죽이고 있다
그러다 점심밥을 먹기 위해 무료급식 차 앞에서 길게 줄
을 서 기다리는

온통 시간뿐인 남아도는 게 시간인
그에겐 그런 과정이 중요한 일이다

돌보거나 돌봐줄 이 아무도 없으므로

無緣社會 14

그는 그녀 몸에서 나왔다 그녀도 오 분 뒤 나왔다
그 둘은 매우 심한 진통 끝에 그녀 몸에서 나왔다

그렇지만 그와 그녀는 따로 찢어져 살았다
한날한시에 한 몸에서 나온 그와 그녀였지만

쌍둥이는 함께 살 수 없었다
아기들이 세상에 나오자마자

사생아를 낳은 어미는 출산 후유증으로 세상을 떴고
남매는 각기 다른 고아원에서 성장했다

병원진료 기록을 통해 출산을 알았던 아비가
수십 년 뒤 아이들을 찾기 전까진 서로를 알 수 없었던

어렵게 만난 남매는 아비에게 들었다
용서해라 애들아 아니에요 괜찮아요

저희들에겐 이제라도 아빠가 계시잖아요
따로 떨어져 살았지만

두 아이는 식성과 성격 잡다한 취향까지
죽은 어미를 너무도 닮아 있었다.

두 아이는 식성과 성격 잡다한 취향까지
죽은 어미를 너무도 닮아 있었다.

無緣社會 15

양말을 다 말렸다 일 톤 포터 트럭 창에 널어 둔 양말
신발도 다 말렸다 트럭 짐칸에 널어 두었던 신발

이층과 삼층을 오르내리며 물건을 배달하다 젖은
땀이 흠뻑 밴 양말과 신발을 트럭 창과 짐칸에 쭈욱 펼쳐

바짝 말려 신고서 운전석에 오른 뒤
오후엔 영등포 시장에 들러 호박과 오이를 실었다

트럭 짐칸에 싱싱한 호박과 오이를 가득 싣고
여름 햇살에 달궈진 도로를 달렸다

바람 한 점 없는 도로 위 길가엔 사람들이 뜸하다
야채를 싣고 고물 트럭은 골목길을 누빈다.

하루 벌어 하루를 살아내야 하는
그에겐 쉬는 날이 없기에

가출

문을 연 뒤에 센서 등이 켜진다
문을 닫은 뒤 센서 등이 꺼진다

문을 열고 나갔다 돌아오지 않는 그
기다리지 마 나가면 그만이니까

언제 그가 돌아와
등이 다시 켜질까

걱정하지 마세요,
이곳 天上은 따뜻합니다.

문은 미동도 하지 않건만
갑자기 센서 등이 켜졌다

그가 다시 돌아온 것인가
고장 난 센서등

망그러진 그녀 인생

下山

팔십년 전 울며불며 세상에 나온

아기가 노인이 된 것인가

스핑크스가 낸 수수께끼의 마지막 정답처럼

지팡이를 짚고 선 노인에게선

아이 모습이 보이지 않았다

조용히 산을 내려오는

걸음걸이 뒤에는 도선사가 서 있다

물론 그는 내가 아니다

그러나 오십년 뒤에도 아닐 수 있을 건가

무릎 관절이 안 좋아 보이는

빨간 등산복 입은

저 노인은 누구인가

삶의 노스 페이스를 내려온

그에게서 나를 봤다

푸념

살아서 몸을 움직일 때
좋은 곳 많이 보자

살아 있을 때 예쁜 옷 입도록 하자
죽으면 죽어 흙에 묻히게 되면

입과 코가 없다 눈이 없다 다리도 없다
아름다운 소리 들을 수 있는 귀도 없나니

살아서 다 해 보자
움직일 수 있을 때 즐기자

죽게 되면 꽝이다
살아 있을 때 살아서 해보자

무덤 속 주인이 그에게 말했다
들리지 않는 목소리로

미아리 김씨

누군가가 귀찮게 또는 지치게 하여도
누군가를 피할 수 없다고 그는 생각했다

왜 그래야만 하는 것인지
그런 사실에 대해 의문을 품지도 못한 채

삶이란 끝없이 시달리는 것이라고
섣부른 결론을 내린

그는 응석받이인 건가 아님 겁쟁이인 건가
누군가에 대한 피해망상으로 인해

이젠 두려움에 사람들과
말을 섞는 것도 피하게 된다고 한

아니 사람들에 의해
따돌림을 당하고 있는

과거의 상처에서 벗어나지 못한 채
자신이 있을 자리가

어디인지도 모르고
미래를 향한 희망이란 빛을

가슴에 품지도 못하는
전직 건축 설계사였던

그는 삶을 끝낼 수 있는 날이
빨리 오기만을 기다린다.

나눔

환하게 웃음 띤 얼굴로 잡다한 일상사와

노동에 지친 쿡쿡 쑤시는 뼈마디를

삶은 계란 그 노른자처럼

목구멍 막히게 하는 팍팍함을

삶에 지친 고단함은 따뜻한 눈빛과

미소를 건네는 것만으로도 걷어낼 수 있다

나눔은 재물을 가진 이만이 할 수 있는 것이 아닌

물질이 없어도 행할 수 있는 것

마음의 문을 열고 따뜻한 눈빛으로 힘들 때

격려해 주거나 무거운 짐 마다 않고 들어주는

낯선 이에게도 자리를 양보해 주고

묻지 않고도 상대방의 속마음을 헤아려 편케 해주는

無財七施라면

가난해도 나눌 수 있다

일급 장애인인 벗 靑江도
저서 인세를 23권이나 나누었다

이 세상에 그런 몸짓들이
연못 가운데 연꽃처럼 가득 피어오른다면

무연고에 고독사란 말은 폐어가 될 것이다
나무관세음보살

주유원

기름을 넣기 위해 주유소에 들렀다
주유원과 나눈 대화로 인해

그는 가슴이 무거웠다 철없을 때 종숙 집을 나와
날품팔이로 떠돌았던

그의 삶은 고혈단신이었기에
주유소에서 자동차에 휘발유와 경유를 넣어주고

그러다 난방유를 팔기도 하는 열 넷 또는 열다섯쯤 돼 보이는
긴 머리 찰랑거리는 또는 더벅머리인

학교를 다니다 말고 집을 나와 먹여주고 재워 준다는
그곳에서 자동차에 기름을 넣고 있는

계집아이와 사내아이를 번갈아 바라보며
그 날은 마음이 편하지 않았다 주유소 일이 끝난 뒤

저 아이들은 어떤 직업을
다시 구하게 될 것인지

처음엔 손쉬운 아르바이트로 일을 시작했지만
시간제 일 외에 다른 직업은 구하지도 못한 채

이 사회의 반거들충이가 될지도 모를
비전 없는 아이들을 바라보다

거스름돈은 됐다며 주유소를 빠져나왔다

라코스테

문 뒤쪽에서 이빨을 드러낸 한 마리 악어가 다가오고
있다
의욕상실증에 걸려 있었던

그는 방바닥에 누워 그것이 다가오길 기다렸다
악어가 다가와 자신을 한 입에 물어뜯기를

방바닥에 누워 천장을 바라보다
스르르 잠에 빠져 깨어나지 않게 되기를

그러나 그는 잠들 수 없었다, 그에게 잠이란 그녀와의 싸
움이어서
잠들게 되면 그녀 큰 눈망울에 눌리게 될까봐 잠들 수가
없었다

두 눈을 꼭 감고 악어와 함께 눈앞에서 어룽이는 그녀를
지웠다
그렇게 생각했다 그러나 더욱 더 생생하게 이빨과 큰 눈
을 치켜뜬

악어와 그녀가 그 앞으로 다가오고 있다 청계천 시절이
그랬다

1970년대 후반 잠을 이룰 수 없었던 그런 시간이 그에겐
있었다.

화염병과 최루가스가 날아다니던 그 시절이 그에겐 날카
롭게 이빨을 드러낸

악어와 싸웠던 시간들이다 청계천변에서 그는 야학을 운
영했다

학생 시위와 관련해 쫓기던 그녀를 만난 것도 그 무렵쯤
이다

그녀는 그에게 어느 날 갑자기 찾아왔다가 말없이 사라
졌다

하나 둘 그녀가 싫어한 권력자들이 권좌에서 내려오고
세상을 떠났음에도 그녀를 다시 만날 수는 없었다

그녀는 그가 만난 유일한 혁명가였다
입고 있는 셔츠 왼편 가슴에 수놓은 프랑스제 악어

따뜻한 손

주머니에 손 넣고 버스를 기다리다
천원만 달라고 불쑥 손을 내밀며

구걸하는 걸인에게
천원을 더 보태 이천 원을

석탄 가루 날리던 삼십 년 전 겨울
강원도 사북역 앞에서

입성이 허름한 아저씨에게
서울로 돌아갈 차비를 빌렸던 기억으로 인해

손을 내민 걸개에게
갚지 않을 수 없었다

내민 손을 부끄럽지 않게 한
맘보자기 넉넉한 그가 떠올라

희끗 보았던 비렁뱅이 주머니 속에는
수십 장의 지폐가 들어 있었지만

그럼에도 불구하고 누군가 손을 벌릴 때는

이유를 묻지 말고 그냥 줘야만 한다

중국 여행 중 항주의

좁은 골목길에서 만났던 시각장애인에게도

그랬다 그렇게 할 수 밖에 없었다

기러기 아빠

붉은 핏물로 유서를 쓴 뒤
푸른 비단에 곱게 싸 나 버리고 떠나신

그린내 계신 곳에 노란 디 에치 엘 박스에 넣어
태평양 건너 양키들이 몰려 사는

그 곳에다 특급 배송으로 날린 뒤
으 흐 하하 호탕하게 웃고 싶다

줄이려는 지출은 줄지 않고 늘어만 가고
늘이려는 수입은 늘지 않고 줄어만 가니

어쩔 수 없구나 마님께서 보내라는
머니 많이많이 보낼 수 없으니

목이라도 잘라서 손목 발목 함께 얹어
말 떨어지기 무섭게 보낼 수밖에 보내야만 한다

토막 낸 이 몸을 비단 보자기에
곱게 싸 지금 막 보냈으니

따끈한 몸뚱이 식기 전에 드시기를

무명가수

철망에 갇힌 멧새들은 지저귄다
한 끼 식사로 친구들이 요리 되는

냄새를 맡은 뒤에도 멧새는 지지배배
숨이 넘어가면서도 노래를 쉬지 않은

무명가수 아재처럼 나이트클럽에서
쓰러지기 직전까지 노래를 부른

그는 노래와 함께 삶을 끝냈다
멧새처럼

그가 석 달 동안 받지 못한 밀린 봉급
삼백구십 만원은 작두파 행동 대원이었던

나이트클럽 사장 지갑에서 영원히 나오지 않았다

일회용

나는 그 물건들에 대해 알지 못 한다 그러나 그와 나는
버렸다
무심히 그것들을 쓰면서 한 번 쓴 뒤 휙 쓰레기통을 향해

무한정으로 쓸 수 있다는 쓸 수 있을 것이란 생각 아래
습관처럼
아니 그런 생각조차도 없이 자판기에서 뽑아 마신 무수한
일회용 컵처럼

종이 컵이든 알루미늄 캔이든 휙 버리는 버린다는 생각도
없이
그 자리에서 미련 없이 내버리게 되는

그런 것들에 대해 여태껏 나는 전혀 신경을 쓰지 않았다
그렇지만 우리들은 바로 버리기엔 너무나 아쉬운 근사한
쇼핑 백

그도 아닌 오랜 시간 사용해도 될 그러나 싫증나서 문밖
으로 내놓은

멀쩡한 냉장고와 어딘가에 살짝 긁히기만 한 세탁기를 버
린다

버리지 말고 지켜야만 될 국보급 문화재처럼 반드시 지켜
내야만 할
귀한 것들을 휙 구겨 던지지는 않았는지

우리에게 그런 것들이 남아 있긴 한 것인가
반드시 지켜내야만 할 소중한 것들을 지금도 내던지고 있
지는 않은가

사람도 그렇게 버리는가, 버린다, 버려지고 있다 삶이란
세파에 내팽개쳐진
재생 불가란 판단 아래 거리에서 만난 노숙인들을

우리는 별 생각 없이 쓰레기통에 구겨 넣고 있다
사람도 일회용인가

맞다
정답이다

딩동 뎅

은둔 남

나갈 거니 안 나갈 거니
그냥 집에 있을 거야

십분 뒤 아님 삼십 분 뒤 나갈지 안 나갈지
나도 잘 모르는 모르겠다,

나가게 될지 안 나갈지 안 나가고
집에만 있게 될지 잘 모르겠다,

모르는 걸 물어보니 모른다, 모르겠다,
알 수 없다고 말할 수밖에

모르겠다, 언제쯤 나가게 될지
확실히 아는 건 모른다는 사실뿐

그는 군대 제대 후 이십 년 동안
방에 틀어박혀 외출은 전혀 하지 않고

컴퓨터 게임에 빠져 시간을 죽이고 있다
오거리 장터에서 채소를 파는

늙은 어머니에게 생활을 도맡긴 채

그로 인해 어머니는 오래 살아야만 한다

늙은 어머니에게 생활을 도맡긴 채

그로 인해 어머니는 오래 살아야만 한다

웃으면서 보내자

운다. 울고 있다 모두들 운다 식품점 아저씨와
앞집 할머니가 이 세상을 떠나서 운다, 모두들 운다.

인상을 찌그린 채 울고 있는 우는 그들을 따라서
우는 그 소리에 정작 울음보다는 웃음이 터졌다

연신 터져 나오는 웃음보를 억누르며 웃음을 눌러 보려다
그러나 한 번 터진 웃음은 억제할 수가 없어 웃었다

웃다 쫓겨 나왔다 아이고 우는 소리 따라서 울어보려다
울음 대신 웃고 말았다 내 눈물샘에는 눈물이 말랐는가.

울 일이 많은 세상 울고 또 울다 보니
준비된 눈물이 바닥을 드러냈다

울고 싶을 때 울지도 못하는 이 심정을 아시는지
울 일 많은 세상 울 일 접고 가는 길에 저들은 왜 우는 건가

운다, 모두들, 운다만
웃자 웃으면서 그들을 보내면 안 되는가

살아생전 즐거운 일 없었던 이들을 위해

그들을 떠나보낸 뒤 웃자

살아남은 사람만이라도

내일이란

오늘을 뺀 내일이 없듯이
오늘을 뺀 미래는 없다

그러나 오늘에서 내일을 뺀
오늘에서 내일이란 미래를 뺀 뒤에 남는 것은

절망인가 잿빛 절망인가
도저히 견뎌낼 수 없는

절망에 기진한 네 안의 목소리
희망이 없는 슬픈 미래를 봤다

완전한 위안과 달콤한 휴식은 어디에
오늘을 뺀 내일과 미래는 예 있다

아니 예 없다 전엔 없었지만 앞으로는 모르겠다
헛소리로 남게 될

결론은 미뤄놓자
미뤄놓을 과제라도 있기는 한 건가

모르겠다,

절망이란 보이지 않는

그래서 두려운 것

절대 강자

네 개의 점이 돼 기어서 간다 팔 다리 무릎 가슴으로
땅바닥을 벌벌 기어서 간다, 다리가 있어도 없는 척

지금 이 순간 나는 다리가 없는 큰 지렁이다
그들의 다리 아래로 지렁이처럼 땅바닥에 엎드린 채

온 몸을 내던져 기어가는 나는 한 마리 지렁이다
지렁이처럼 기어서라도 살 수 있다면 기어가리라

팔 다리 무릎 가슴을 땅바닥에 찍는 점으로
생각은 내겐 사치다 머릿속 복잡한 관념들을 지운 뒤

점이 돼 땅바닥을 기리라 살아남을 수 있다면
지렁이가 돼 팔 다리 무릎 가슴으로 땅바닥을 기어도 좋다

끝까지 견뎌낸 그는 절대 강자다 살아남았기 때문에
오체투지의 달인이기도 하다

孤獨死

암이란다
그냥 구경만 했다

인생은 어쩔 수 없는
시간이 있다

그럴 때는
받아들이도록 하자

내게 허락 된 시간만큼
그러나 견디기 힘든 건

곁에 아무도 없는 상태에서
죽음을 맞아야 하는 것

암보다 두려운 건
그 순간이다

신세 많았습니다

간밤에 저는 세상과 안녕 했습니다
모두 안녕히 계십시오,

그동안 여러분에게
폐 많이 끼쳤습니다,

인생을 끝내고 보니
나름 열심히 살아왔다고 생각하기에

후회와 미련은 없습니다,
저는 이제야 죽을 수 있게 됐습니다,

감사합니다,
여러분 다시 또 만날 수 있게 될 겁니다

이승이 아닌 저승에서 뵙게 되면
제가 걸쭉한 막걸리라도

한 사발 대접하겠습니다
다시 뵐 수 있으리라 확신하며

그러나 업의 사슬을 끊어낸 뒤

또다시 만나지 않을 수 있다면

물론 그보다 더 좋은 일은 없으리라 봅니다.

건강하세요.

시간 앞에서

전에 죽은 인간은
역사의 뒤안길에 서게 된다

죽은 인간은
역사를 새롭게 쓸 수가 없다

죽은 물고기가 강물에 몸을 실어 떠내려 보내듯
죽은 인간은 시간에 맞서지 못하고 잊히게 된다

이른 새벽 강에서 보았다
수면 위 쏟아져 내리는

고요한 빛 변함없이
아침을 깨우는 새벽 강에서

주검을 죽은 물고기는
강물을 따라 흘러내려가고

강은 새롭게 시작될
산 자의 시간을 위해 흐른다

이미 죽은 물고기는

강물을 거슬러 헤엄치지 못한다.

시간은 되돌릴 수가 없기에

李氏들에게

뷔페식당 테이블 앞에 앉았다 온갖 음식들을 잘 차려놨
지만
입맛이 깔깔해 맛있다는 생각이 들지 않는 느끼한 음식
을 바라보다

장인인 이춘쇠 어른께 전화를 넣었다 이흥우 선생과 이형
기 시인에게도
그가 전화를 걸었던 그들은 이미 세상을 뜬 이들

세상에 존재하지 않는 그와 절친했던 이들에게 전화를 걸
었다
아무도 받을 수 없는 전화를 테이블 앞 의자에 앉아 번호
를 눌렀다

그들 중 누군가 전화를 받을 것 같은 막연한 기대로
그곳에 혼자 앉아 잘 차린 음식들을 마주대한 채

시인 이영유 형에게도 전화를 다시 걸고 있다 맛을 느낄
수 없는
혼자서는 먹고 싶지 않은 온갖 빛깔로 화려한 음식 앞에서

아무도 받지 않는 받을 수 없는 전화를 떠난 이들에게 걸
고 있다

이 번호는 없는 번호이오니 확인하신 뒤 다시 걸어주시기
바랍니다

백번을 걸었어도 전화를 받지 않는 죽은 그들은 이 세상
에 없다

이씨들만 먼저 갔다 이씨들은 저승에 무슨 급한 볼일이
있는 것인지

이럴 수가 세상의 그 많은 李氏들 중 내 곁의 그들만 먼
저 세상을 떴다

황천 행

황천 일백 킬로미터란

도로 표시판을 본다

그 길로 계속 직진해 나가면

황천 행이라는 표시판

사거리에 세워진 틀린 표시판은

황산 행이란 표시판으로 새롭게 고쳐 써야만 한다

황당한 도로 표시판을 본 뒤

은색 승용차의 가속 페달을 밟았다

황천 일백 킬로미터가 아닌

구십 킬로미터 남짓 황산 행을 향해

그렇게 달려 나가면 황산이 아닌

삶을 끝낸 이만이 갈 수 있다는

黃泉에 도착하게 되는 것인가

불안한 예감

할아버지가 입혀준 파란 색 점퍼에 붙은 비둘기 깃털을
떼어낸 뒤
병원 앞에서 놀던 아이는 알 수 없는 불안감에 병실을 향
해 뛰었다

아무것도 모르지만 아이는 알았다 아빠가 십분 전에
이미 세상을 떴음을 죽기 전 그는 아이를 기다렸지만

부자지간은 서로 만날 수 없었다 기위 죽어 세상을 떠난
회복실에서 다시 중환자실로 옮겨진 그는 심폐소생 중 죽
고 말았다

푸드득 한 마리 비둘기 하늘로 날아가 버렸다
산산이 부서지는 아이 울음을 뒤로한 채

안녕

할아버님과 할머님은 잘 계시니
아버님과 어머님도 잘 계시고

누님도 형들과 동생도
네 안녕하십니다,

모두들 안녕하시다고

잘 지내고 계십니다, 잘 있습니다란,
말씀을 올리고 싶습니다,

안녕하지 못해도

안녕하고 떠나가신 분들까지도 안녕이라고
모두들 안녕하시다고

말씀 드리고 싶습니다,

모든 사람들에게
안녕하다 말씀드리고 싶습니다,

이 지구상에서

안녕은 더 이상 진실이 아니니까요

壁

첫 번째 막사발을 깨뜨린 뒤 두 번째 막사발을 깨뜨렸다.
세 번째 막사발을 깨뜨린 뒤 네 번째 막사발을 깨뜨렸다

보이지 않았다 무엇인가 눈에 보이지 않을 때면 거슬리는
것들을 깨뜨렸다
불합리한 모순된 것들을 깨고 또 깬다

깨나간다 나 자신이 깨지더라도 관계없이 깨기로 한다
깨고 있다 깨질 때까지 깼다 아자작 깨질 때까지

깨고 있다 주어진 껍질을 깨고 밖으로 나갈 수 있을 때까지
깼다 재미있다

사회라는 높은 벽 앞에 선
약자인 이들을 위해

이번엔 막사발이 아닌
거대한 벽을 깼다

깨나간다 깨고 있다
깨고 말 것이다

臥席

장도리 들고 못 박을 기운도 없다
나이 들고 힘 빠지면

그렇다 그와 그녀도
이부자리 위에서 뒤척이다

허깨비 같은 몸을 벗어 놓은 뒤
오월 중순쯤

갔다 간다는 소리도 없이
건너기 힘든 희푸른 강 건너

담장을 하나 두고 살았던
소꿉친구인 그 둘은

자목련 꽃잎들 마당에 떨어진 뒤
되돌아 올 수 없는 길을 함께 떠났다

민들레 홀씨처럼
너무나도 가볍게

삶이란

고요한 연못의 파동과 같이
삶에 있어서 가장 큰 깨달음은

죽기 직전에 찾아오는 것인가
그러나 삶에 대한 염도를 깨우쳤을 때는

그 이치를 실천해 나갈
시간이 남아 있지 않다

삶이란 그렇게 다가왔다 불현듯 간다고 하니
숨을 고르게 가다듬으며

죽기 전 찾아온다는
큰 깨달음 앞에 서 보자

그것이 어떤 형태를 갖춘 것인지
만나서 느껴보도록 하자

물론 죽기 직전까지도 깨도가 무엇인지
모르는 이들이 대다수이긴 하다

아침에 도를 들으면

저녁에 죽어도 좋겠다

깨몽과 깨도는

종이 한 장 차이인 것을

악마주의자

좁은 자리를 차지하기 위해 서로 어깨를 부딪치는 것처럼
괴로운 일은 없을 것이다 그런 마음이 들 때면 꿈꾼다

골목길에 수류탄, 비좁은 그곳에다 테러리스트처럼 세열
수류탄
획 던진 뒤 펑 터진 수류탄 파편으로 인해 뻥 뚫리게 될
공간을

모르는 사람들과 어깨를 부딪치며 영화나 연극 관람을 하
기 위해
길게 줄을 서 기다리는 자리에 새치기로 앞자리를 차지하
려는 사람들과

혼잡한 출구 앞에 차를 댄 채 짐을 내리거나 싣는 이들을
보게 되면
또한 그렇다 그들은 매우 약게 행동하는 사람들이다 그런
부류의 인간

막가내하로 행동하는 이들을 보게 되면 내 안에 든 수류
탄이 터지려 한다

출구 앞에 수류탄, 오늘과 어제도 내 안에 든 수류탄이
터질 것 같은

수류탄을 던지는 상상을 했다
나는 악마주의자일까

요절

안 됐다 쯔쯔 안 됐어 정말
무엇이 그 무엇이 안 됐다고

혀를 차는 것인가
혀를 끌끌 차대는 건가

안 됐다 안 됐어
안 됐다고

저기 저 목련꽃이
저렇게 떨어지다니

안 됐다 안 됐어
안 됐다고

저기 저 보름달이
저렇게 홀쭉해지다니

안 됐다 안 됐어
안 됐다 정말 안 됐어

삼십도 안 된 나이에

세상을 버리다니

아니 세상이 그를 버렸다

점쟁이

골목 안쪽 이층집에 자리를 잡고 사주궁합을 봐주는 일
이 직업인

나는 손님들에게 그들이 듣기 싫어하는 말은 절대로 하지
않았다

그것이 그동안 내가 터득한 영업 비밀이다 오늘도 난 이
자리에서

돈을 벌었다 요즘은 경기가 안 좋아서 그런지 사람들 생
활 형편과는

정반대로 내 지갑이 터질 지경이다 불경기엔 모두가 불안
함을 느낀다

걱정 마 이달 안에 취직 돼 걱정 마 올해 안에 시집가게
된다고

얼굴에 복이 붙었다며 좋은 말만을 바꿔가며 나를 찾은
취직 못한 청년들과

결혼 못한 노처녀 좌판을 벌여놓은 장사치들에게 앞으로
잘 된다고 하게 되면

지갑은 자연스럽게 열리게 된다 나는 그들이 고통을 잊을
수 있게끔
아무리 먹어도 부작용이 없는 희망 메시지를 끝없이 던
졌다

손님들에게 안 좋다고 말하게 되면 어느 누구도 점집을
찾지 않으리란 진리를
나는 알고 있다 그래서 이곳을 찾는 사람들에게 결코 사
실을 말할 수 없다

사람들이 원하는 건 사실이 아니기에 그들이 듣고 싶은
말만을 한다
멋진 승용차를 타고 온 청년과 아이를 안고 갑자기 찾아
온 아줌마로 인해

내가 한 거짓말은 말한 대로 이뤄졌다 사주팔자를 보고
있는
나 자신도 손님들 저마다에게 주어진 운명은 도대체 알
수가 없다

家長

집 장만에 잠깐 기뻤던 때도 있었다
그러나 자식들 교육에 온힘을 쏟다보니

손에 쥔 건 전혀 없는 무일푼 신세
지난 세월 열심히 살았다고 자부하지만

돌이켜보니 주름살만 늘고 한숨만 나와
아직 자식들을 여의지도 못했건만

이제 그만 세상은 내게 짐을 싸라고 한다
어찌 감당할 것인가 은퇴 후 삶의 압박을

오래 산다고 하는 건 치욕을 감내하는 것
연이어 대기업 입사시험에서 떨어진 아들에게

밥은 먹여 줄 테니 걱정 말라고 등을 두드려 줬다
걱정은 걱정이다

삶에 대해

가볍다 가볍게 아주 가볍게 밀린다는 것
무겁다 무겁게 아주 무겁게 밀린다는 것

가볍다 가벼운 아조 가벼운 그 무게만큼
무겁다 무거운 아조 무거운 그 무게만큼

삶은 그렇다 가벼우면 가벼운 만큼
삶은 그렇다 무거우면 무거운 만큼

무겁게 밀리기도 하고 가볍게 밀리기도 한다
삶은 무겁기만 한 것도 아니고

그렇다고 가볍기만 한 것도 아니다
명확하게 답을 내릴 수 없지만

답을 내릴 수 없는
그것이 답 아닌 답이 아닐까

그런데 누가 미는 것인가

그 여자

첫 아이를 열아홉 살에 낳았다고 한 그녀는 아이를
너무 빠르게 낳아서 처녀 시절을 뺏겼다고 한다

잘 생긴 아기를 출산한 뒤 사람들 앞에서
얼굴이 붉어지지도 부끄러움을 느끼지도 않았다고

장을 보러 갈 때나 모르는 사람들 앞에 서게 되면
아이를 낳기 전엔 말을 더듬거리며 얼굴을 붉혔던

그녀였지만 아이를 낳은 뒤에는 그런 행동에서
자유롭게 풀려날 수 있었다

아들에게 처녀 시절을 전부 뺏겼다고 생각했지만 자식을
구김살 없이 키운
혼자 아이를 키웠던 미혼모인 그녀에겐 남편이 없다

그러나 삼십 년 뒤 그녀는 부끄러운 일은 하지 않았다고
결혼을 앞에 둔 아들과 며느리를 앉혀 놓고 당당하게 말
했다

전쟁으로 헤어질 수밖에 없었던 한 남자를 깊이 사랑했
다고
그리고 그의 아이를 낳은 뒤 후회 없이 아들을 키웠다고
했다

그녀는 사랑했지만 이 나라가 모른다고 내팽개친
남자는 국군포로다

psychopath

권총을 들고 몇 명을 한꺼번에 쏴 죽이는 미국 영화를
봤다
총도 없이 검정색 승용차와 잘 생긴 얼굴로 여자들을 죽
인

녀석을 봤다 보기 싫어도 볼 수밖에 없었다 신문과 방송
에서
연신 내보내는 그에 관한 기사와 뉴스로 인해 볼 수밖에
없는

그는 여자를 목 졸라 죽이는 행위를 제 스스로 즐겼다고
한다
늙은 여자 젊은 여자 세상 모든 여자들이 그에게는 오락
용이다

어떤 원한과 이유도 없이 죽이는 행위를 즐겼던 그는 유
치장에서
그를 조사한 경찰과 농담도 나누고 매 끼니 잘 먹고 잘
잤다고 한다

유족들에게 죄송하다는 말을 하긴 했지만 뉘우치는 기색
이 전혀 느껴지지 않는
흑마를 타고 온 악마에게 죽임을 당한 뒤 버려지고 찢겨
진 여자들을

오늘 또 보게 됐다 그에게 여자는 심심할 때 즐기는 견과
류와 같은 것
영화에선 권총으로 여자를 죽였지만 그는 얼굴과 승용차
로 죽였다

여자들을 죽이고 또 죽인 뒤 마침내 그 자신도 죽을 수
있었다
아니 죽일 수 있었다 성공적으로

히키코모리[*]

대학을 졸업한 이십대 중반부터 근근이 연금으로 생활
하던
아버지에게 기대어 직업을 구할 생각도 않고

삼십년 동안 방 안에서 빈둥거리며 속을 뒤집은 아들로
인해
순간 분노가 치밀어 야구 방망이로

팔십 세 된 아버지가 나이 오십인 아들을 무참히 때려
죽인
일본 아키타시에서 일어난

놀랍게도 그 집에서 그들 부자가 오랫동안 살고 있었던
사실을
이웃 주민들도 전혀 몰랐다고 한

그저 엽기적인 섬나라 일본의 이야기일 뿐이라며
무심중에 넘기기에는 왠지 두렵게 느껴지는

삶의 의욕을 잃는다는 건 이렇게 참혹한 것인가

노부모가 죽어 생활이 어렵게 될 경우

직업을 구하기보다는 굶어 죽는 길을 택하거나 자살을 하
겠다는
그런 이들을 일본에서는 히키코모리라고 부른다

우리는 이런 이들을 무엇이라고 불러야 하는 건가
빙충이 또는 머저리라는 말이 있기는 하다

어떤 이들은 유기견까지도 거두어 보살핀다고 하거늘
능력이 전혀 없는 경쟁력 잃은 자식을 위해

무한히 먹여주고 입혀주면 안 되는 것인가
왜 아비가 돼 자식을 때려죽인 것일까

그것이 어렵다면 이 꼴 저 꼴 보지 않을 방법이 전혀 없는
건 아니다
끝에는 자신을 스스로 죽이거나

인도의 요기들처럼 숲으로 들어가면 될 것을

*1970년대부터 일본에 나타나기 시작한 은둔형 외톨이 들을 일컫는 신조어

유리창 청소부

내려갈 수 있을까 대형 건물 유리창에 매달려 유리를 닦
는 이
커다란 건물 아래 아주 작게 보이는 자동차와 사람들이
늘 다니는

삼십사 층 건물 아래로 내려갈 수 있을까 유리에 낀 먼지
들을
큰 건물 유리창에 매달려 시커먼 먼지를 말끔하게 닦아내
다 아래를

가로수 옆 인도와 차도로 지나다니는 사람들과 자동차를
바라보다
아뜩한 현기증에 일이 끝날 때까지는 아래쪽을 내려다보
지 않기로 한

부르르 경련이 일어나는 두 다리를 손으로 주무르며 유리
를 닦는
아침부터 저녁까지 쉬지 않고 위층에서 아래층을 향해 밀
대를 들고

유리창을 닦다가 바람에 몸이 흔들렸지만 중심을 이내 잡
은 뒤
　헛짚게 되면 삐끗 실수라도 하게 되면 바로 천당행이란
마음으로

　심호흡을 크게 한 번 내뱉고 긴장을 푼 뒤 건물 유리창에
바짝 붙어
　유리를 닦고 또 닦아내다보니 삼십사 층 높이에서 이제
오층까지 내려온

　목숨을 걸고 유리창을 닦지만 그 누구도 안쓰러워하거나
신경 써주지 않는
　고층 빌딩 유리창 청소부들

　위험수당은 있는 것인지

이상한 얼굴

폭탄을 터뜨린 것 같은 누가 그 얼굴에 감압폭탄을 터뜨
린 것인지
시간이 장난질을 친 것인가 검버섯 핀 그 얼굴을 보면

축 늘어진 볼 무겁다며 시간에게 자꾸 무겁다면서
그만 몸에서 내려오라며 시간을 채근하는 늘어진 볼편살

폭격 맞아 허물어진 아니 강진으로 주저앉은 도로와 건물
같은
그 볼편살은 그렇다 이제 그만 시간에게 어깨 위 올려놓
은 짐들을

내려놓게 해달라며 떼를 쓰는 것 같은 웃을 일이 없다
고 한
겉늙은 아줌마 살웃음과 마주치게 되면 웃음을 치우고
싶다

그 얼굴에서

돈이 없어 그녀는 피부과에서 검버섯을 지우지 못한 것인가

아니다 주변 여자들이 뻔질나게 피부과나 성형외과를 드
나든다고 해도

그녀에게 그 일은 다른 나라 이야기일 뿐이다
돈이 가장 중요하므로

의미

부침개를 뒤집듯이
세상은 의미 있음과 없음이

뒤섞여 있다
이 세상은 뒤죽박죽이다

진흙탕이다 아니
손바닥 뒤집기다

보는 이 눈에 따라
세상은 달라진다

그런 것인가
그렇다

그렇게 바꿀 수도 있다
의미란 원래 그런 것

균형감각 속에
실패와 성공이 보인다.

國際迷兒

原籍이 없어 本籍이 없는

그녀를 나는 본 적이 없다

그녀도 나를 본 적이 없다

그녀와 나는 서로 마주 친 적이 없다

國籍이 없어 原籍과 本籍이 없는

나는 그녀를 본 적이 없다

國籍이 없어 原籍과 本籍이 없는

그녀는 나를 본 적이 없다

나는 국제 미아다

그녀도 나와 같은 처지다

그 어떤 나라의 국민으로도

보호와 도움을 받을 수 없는

國際迷兒

브레이크

아내가 싸 준 도시락을 들고 가 점심식사 때
일터에서 동료들과 함께 먹으려고 했으나

누가 김씨와 같이 점심을 처먹는데
건설현장에서 동료라는 사람들이 내뱉은 말이다

그런 말을 들은 뒤 그들과 함께 할 수 없어
시멘트 바닥에 앉아 꾸역꾸역 혼자 밥을 먹었다

막일을 하다보면 사람도 막가게 되나보다
이유 같지 않은 이유로 싸우겠다고 종주먹을 들이대는

그런 이들과 마주하게 되면 급하게 감정 브레이크를 밟게
된다
지금 이 순간도 브레이크를 밟았다

감정 브레이크를 밟지 않게 되면
주먹과 발길질을 그들에게 날리게 될 것만 같아

끼이익 이번에도 급하게 브레이크를 밟았다

어제도 밟았고 그제도 밟았다

인생이란 멀고도 험한 길을 달려 나가며
언제든 밟을 준비를 해야만 할 감정 브레이크

인간에 대한 기본적인 예의도 몰라
어긋난 언행을 주저 없이 드러낸

앞으로도 일터를 찾아 전국을 떠돌 것만 같은 공사판 노
동자 또는
인부나 막일꾼이라 불리는 그들은 이 사회의 소외 계층

브레이크는 소모품이다
언젠가는 브레이크가 잡히지 않을 수도 있는 법

더욱 조심하며 살아야만 할 것 같다

食貪

멸치 그물처럼 허리 아래로 축 늘어진
배에다 몇 개의 술병을 담아 놓은 것 같은

살찐 암소의 엉덩이를 철썩철썩 때리듯이
자신의 배를 두드리며 걸어오는

사내는 툭 튀어나온 임신 육 개월 같은
배를 앞으로 내밀면서 식당에 들어섰다

먹는 것이 삶의 이유라도 되는 것처럼
게걸스럽게 쉬지 않고 먹어대던

툭 튀어나온 그의 배를 본 뒤엔
그런 배를 보면 사흘을 굶어도 배가 고플 것 같지 않은

그런 이들은 내게 배고픔을 잊게 해 준다
식당에 앉아 수저를 들다가 배고픔을 잊게 한

사내에게 내 앞에 놓인
반찬과 밥그릇까지도 내밀었다

국물 한 방울과 밥알 하나도

그는 남기지 않았다

대단하다

위대(胃大)하다

바흐

어제는 할 일이 없었다
그제도 할 일이 없었다

오늘도 할 일이 없다
내일도 할 일이 없을 것이다

아무런 일도 없다
아무 일도 일어나지 않았다

앞으로도 그럴 것이다
어떤 일도 일어나지 않을 것이다

바흐의 음악을 듣다보면
아무런 일도 생기지 않았다

일이 생기지 않은 것이 아니라
해야 할 일을 잊고

무반주 첼로 일번을
요요마의 연주로 듣고 또 들었다

그럴 수밖에 없다

여전히 바흐는 변하지 않고

나를 미치게 한다 바흐를 듣게 되면

내게 세상 모든 일들은 사소한 것이 된다

아무것도 아니다

바흐를 듣기 위해서라면

하늘을 봤다

고개를 숙였다
고개를 숙인 뒤

땅바닥에 떨어진 오백 원짜리
백동전을 주웠다

고개를 들었다
고개를 든 뒤

먼 하늘로 날아가는
몇 마리 새들을 봤다

고개를 숙였다
다시 쳐든 뒤

새들이 날아간 하늘을 봤다
삶이 그 안에서

강하게 꿈틀거림을 알았다
새들은 제 살 길을

서둘러 찾아가고 있다

늦은 가을인데도

偶像

이상이 아닌 우상인 그가 죽었다
죽을 수 있다고 생각 못한
우상인 그가 죽었을 때
그는 가슴속 품은 우상 외에는

아무것도 보이지 않았다
그는 그에게 우상이었고
그를 통해 그는 세상을 꿈 꿔 왔음에
우상이 없는 삶은 생각도 못한 그였지만

그렇지만 우상이후에도
그는 멀쩡하게 살아있다
우상은 실로 황당한 것이다
그에게 전혀 변화를 주지 못한

그는 그야말로 허상이었다
그러나 이대를 지나 삼대까지
우상을 떠받드는 무리도 있다
먼 곳에 있는 것도 아닌

우리들은 애써 외면하며 북에 있는
우상을 머리 위에 이고 산다
우상숭배에 빠진 백성들에게 십계명 판을 던져
무지한 그들을 깨우치게 한 모세처럼

이 시대 진정한 선지자는 없는 것인가

미끼

자신이 쳐놓은 긴 거미줄에 올라 사냥을 즐기는
거미는 오랜 시간 거미줄을 쳐놓고 사냥감을 기다린다

지난 날 자신이 쳐놓은 거미줄에 걸리지 않는 거미처럼
떼어낼 수 없는 그림자 같은 과거라고 해도 사냥감으로
쓰자

과거라는 시간은 몸에다 뿌려놓은 덧미끼와 같은 것이니
흘러간 과거는 미래라는 재화를 얻기 위한 낚싯밥으로 활
용하자

새로운 삶

죽어도 죽은 것이 아니다
우리들 모두는

우주의 사후 세계

그 깊고도 조용한 시간 속에서
바로 다시 되살아난다고 한다

수조 광년의 시간이 흐른다고 하여도
모두 예외 없이

우주의 사후 세계

시간 속에선 죽어도 죽은 것이 아닌
새로운 삶을 산다고 한다

사후 세계가 어떤 것인지
죽어야만 알 수 있긴 하다만

다음 페이지

병원 회복실 침상에서 일어나 세면대로 가 이를 닦았다
호텔 옥상에서 뛰어내렸으나

현수막에 걸려 크게 다치지 않았던
그는 저승이 아닌

병원 침대에서 정신을 차린 뒤
헝클어진 제 모습에서 자신에게 주어진 화가라는 이름과

반도 펼쳐보지 못한 인생 캔버스를
옥상에서 덮으려다 실패한 뒤

둥근 세면대 앞에서 냉정한 시선으로 그를 꾸짖는 듯한
거울에게
이제 후회는 남기지 않겠다

가슴속을 찌르는 거울 속 눈빛을 보며
남자에게 말했다 무엇이 두려워 피한단 말인가 무너지지
말자

인생이란 시간을 후회없이 쓰도록 하자

복선 뒤엔 반전이다 고비를 넘긴 뒤 찾아온 내 앞에 선

긴 삶을

마당에 나가 햇볕을 쬐며 차라도 한 잔 마시면서

다시 붓을 들도록 하자

여백이 반이나 남은 캔버스에

실업

직장에서 목이 잘린

목이 뎅정 떨어진

남자를 봤다 목 없는 남자였다

직장이란 전장에서 목이 잘린

목이 휙 날아간

여자를 봤다 목 없는 여자였다

여자 화장실에서 목이 없어 울지도 못하는

남자 화장실에서 목이 없어 울지도 못하는

몸통과 목이 따로 분리 돼 바닥에 뒹구는

남자와 여자를 봤다

울고 싶을 때 울 수도 없는

웃고 싶을 때 웃을 수도 없는

목이 잘린 목 없는 남자와 여자는

갈증에 물을 마실 수도 없다고 한다

그들을 바라보다 마음이 무너졌던 기억이 있다
물조차도 마실 수 없고

사랑하는 이들을 맞바라볼 수도 없음에
목은 참 소중하다

잘린 뒤 그것을 안다는 게 문제긴 하지만
이 시대 기업이란 조직은

오직 이익만을 추구하는 집단인 건가
그들의 분식 회계는

피로 처바른 혈식 회계다

연변동포

청총마 타고 들녘을 달리다 너무 빨리 달려 나가다
헐레벌떡 가버린 할아버지와 젊은 아버지

천천히 그래 그 아들이요 손자인
자네는 너무 빨리 가지마라

지붕 위에 눈 내렸다 그친 뒤 녹아서 흘러내리는
귀맛이 도는 물방울 소리도 느끼며

아내가 차려주는 밥상 앞에서 무럭무럭 커나가는
아들 녀석 재롱도 지켜보며

동북삼성 벌판에서 말을 타고 달리며
일본군들과 용감하게 싸웠던

독립군 할아버지와 아버지 몫까지
천수를 다할 때까지

그대 가족을 조국이 잊었다고 해도
그래도 그들의 후손인 자네는 모른 척 마시게

연변에서 중국인으로 살아가다

언젠가는 할아버지 유언인

경상북도 안동 땅으로 되돌아가게 되길

귀향을 반겨줄 이

아무도 없는 곳이긴 하지만

모스크바

주먹질과 발길질을 마구 당하고 있다
그들에게 청년은 아프다는 소리도 지르지 못한 채

빙판 위에 쓰러져 뭇매를 맞고 있었다
그때 청년을 때리던 자 중 하나가 바지 지퍼를 내렸다

술에 취한 상판대기가 불그레한 사내들이 빙 둘러선 그
자리에서
청년을 향해 뜨뜻한 오줌을 갈기고 있다

사내들은 낄낄거리며 동양인은 왜 얼굴이 노란 색인 줄
아냐
이 녀석아 오줌 색깔이 노란 색깔이라서 그런 것을 아냐
모르냐

쉐드노프 주점 옆에서 청년을 두들겨 패던
보드카 냄새 진하게 풍기던 그들은 백인이다

청년보다 몸집이 세 배나 더 커 보이는
그들에게 맞고 있는 일면부지인

하지만 그가 가르치는 제자들 또래인

오랜 시간이 흘렀지만 잊을 수 없었다

불쾌했던 그 기억은

모스크바는 혁명이 필요했다

햄버거

감자튀김이 우선인지 아님 햄버거가

그러다 콜라를 먼저 마신 뒤

감자튀김과 햄버거를 허겁지겁 씹어 넘긴

햄버거 네 개를 순식간에 먹어 치운

기억 밖에는 떠오르지 않는

그가 죽은 잔뜩 흐렸던 팔월 어느 날

햄버거 가게에서 만나자 약속 해놓고 정작 약속장소엔 나

오지 못한

그 몫으로 남겨놓은 햄버거와 콜라까지 내가 모두 먹었던

그를 생각하면 햄버거가 우선인지 바삭 튀긴 감자였딘지

햄버거와 콜라를 시켜놓고서

그 곳에 오지 못한 그를 기다리다

오늘 아들과 함께 햄버거를 앞에 놓고

이것들을 그에게 배달시킬 수 없을까

주문했다 하늘나라 해븐리로

친구에게 햄버거와 콜라 그리고 감자튀김을 보내기 위해

房에 대한 깊은 명상

이층집에 나만의 공간을 만들었다 위층은 침실로 꾸몄
으며
아래층은 작업실을 만들었다

위층엔 아무도 올라오지 못하게
비밀번호를 나만 아는 도어록으로 잠갔다

주로 위층에서는 밤 시간을 보냈으며
아래층에선 낮 시간을 보내다 무료할 땐 오디오를 틀어
놓고

맥주를 마셨으며 위층에선 홈시어터로 유럽 예술영화를
즐겼다
또한 두 대의 전화기를 다이얼식은 아래층에

버튼 전화기는 위층에 두었다
그 밖에도 또 있다 한동안 개를 키운 적도 있다

그 개는 친구에게 선물로 준 뒤 지금은 페르시안 고양이
를 키운다

오래 전 인천을 떠나 온 뒤부터 지금까지 나는 이렇게 떼
어낸

두 개의 공간에서 구어박혀 생활했다
일층은 작업실을 이층엔 마호가니 침대를

밤 시간과 낮 시간을 다른 공간에서 보내며 조각에 열중
했다
햇볕 전혀 안 드는 길음동 지하방에서

나는 이층집을 끝없이 짓고 있다

예술가

예술은 굶어야 한다, 굶주림 끝에 예술이 있다
굶주림처럼 원초적인 것은 없다

긴 굶주림 끝에 환상처럼 다가서는 빛을 잡자
식탁에 올려놓을 먹을거리를 마련하기 위해

수많은 화가와 문인들은 그림을 그렸고 글을 썼다
예술이라 불리는 재능은 싸구려인가

배를 곯다 글을 쓴 작가와 그림을 그려낸 화가
굶주림 끝 죽기 직전에 가장 강한 힘을 잡은

그들을 제대로 느껴보고 싶다면 굶주림을 겪어보자
예술가는 궁핍하다 최고가 되기 전까지

어쩌다 한두 명 최고에 오를 수 있을지
그것은 누구도 모르지만

시청 역 2번 출구

모과열매 잔뜩 매달고 무게를
포도열매 잔뜩 매달고 무게를 견디고 있는

복숭아 열매 잔뜩 매달고 무게를 견뎌내는
모과나 포도 복숭아도 가지가 찢어지도록 감당하고 있다

모과나무는 모과열매를 복숭아나무는 복숭아 그 무게를
포도나무는 주저리주저리 가지에 매달린 포도열매 무게

견뎌내고 있다

아침 일곱 시에서 아홉 시 사이 시청역 2번 출구로
사람들이 나온다 아니 수많은 나무들이 쏟아져 나온다

모과나무와 포도나무 복숭아나무를 닮은
집얼운들이 걸어 나온다

요양원

치과 앞 계단에서
의사를 만나 진통제 처방을 받는 것을 잊었다

치통을 까먹었다

기원 앞 계단에서
친구를 만나 내기 바둑 두는 것을 잊었다

약속을 잊어뿌리다

아들과 레스토랑 앞 계단에서
포크커틀릿으로 점심을 먹자고 한 것을 잊었다

배고픈 것을 잊어삐다

서울역에서 매표소를 찾다
대구 행 기차표 사는 것을 잊었다

누님에게 가는 것을 잊이삐리다
언제부터였는지 기억나지 않았다

흐릿한 기억 앞에서

검붉은 초콜릿처럼 녹아내리는 기억들

초콜릿은 먹었지만

지나간 기억은 떠올릴 수가 없었다

집을 잃어버린 뒤 그는 요양원에 머물게 됐다

그 아들과 딸에 의해

요양원 이름은 효자 요양원

쥐코밥상

찬밥에 물 말아 수저를 든
왠지 그런 모습을 바라보면

눅눅한 서글픔을 견딜 수 없다
모래알처럼 입 안에서

빠드득 씹히는 밥
찬도 없이

목을 쿡쿡 찌르는 밥을 먹는
밥이 무엇이기에

그 모습은 멀게만 느껴져
너무 멀다

늦은 시간 혼자
열무김치 한 보시기에

밥 먹는 그 모습은
가까이 다가설 수 없다

집 나간 아내와 아들을 기다리는

망연자실 넋 나간 그 표정으로 인해

그들은 언제 되돌아 올 것인가

마지막 여행

　체크인을 마친 부부는 프런트에서 바로 삼층 계단을 올라
갔다
　그녀와 그녀 남편은 그날 저녁 방에 든 뒤 밖으로 나오지
않았다

　그와 그의 아내는 그들이 신혼여행을 갔을 때 사흘 간 묵
었던
　그 방 소파에 앉아 맥주에 농약을 타 함께 마신 뒤 침대
에 길게 누웠다

　더블 침대 위에 누웠던 부부는 휴게실에서 친구를 기다렸
을 때처럼
　서로의 손으로 깍지를 낀 채

　손가락이 부서질 정도로 심한 고통을 견뎠던 것 같다
　아들 내외와 손자들과 한 지붕 아래에서 살았던 부부는

　대장암 말기인 남편으로 인해
　정든 그 집에선 죽을 수 없다고 마음을 굳힌 뒤

노부부는 신혼여행지인 온천장에서 삶을 끝내기로 했다

수덕사와 맹사성 고택을 관광한 뒤 부부는 아들과 며느
리에게 짧은 편지를 남겼다

온천장에서 마지막 날 밤에 남은 부채 내역을 소상히 밝
히고 뒷수습을 부탁한 뒤

뇌졸중을 앓고 있는 그 아내도 남편과 함께 삶을 마쳤다
아무런 불평도 하지 않고

그녀가 입었던 옷은 신혼여행 때 한 번 입은 뒤 고이 보관
한 인조견 속옷이다

龜坼

삶이란 끝없이
문제를 일으키는 불안정한 것

살아있음은 허위단심
발버둥 치게 만드는

위태로운 몸짓임을
안정에 이르는 건

오직 죽음뿐인가
그럴까 그런 것인가

그렇다 시간만이
문제일 뿐

결국은 갈라지게 될
삶은 무량한 크레바스다

암소

신성한 소와 신성한 소가 아닌 그 기준은
인도에 살고 있는 인도 소인가

아님 다른 나라에 살고 있는
다른 문화권 소인가 그런 이유로 인해

길가에 나와 있는 소들은
신성한 대접을 받기도 하고

인도 소가 아니라는 이유만으로
신선한 소가 돼 도살장에 가게 된다

그 소는 인도 소가 아니었다, 길가를 어슬렁거리던
누군가 암소를 끌고 갔다

그 후 아무도 그 소를 볼 수 없었다
사람도 그렇다 어느 나라 어느 부모 밑에 태어난 것인지

그런 이유로 사람대접을 받기도 하고 그렇지 않기도 한다.
인간 역시 불평등하게 태어난다.

연탄난로

아내가 창을 열어놓은 뒤
방 안에 난로를 피우다

두부 한 모만 사오라고 말했다
추운 날씨라 연탄을 확 피어야만 하겠어요

방 안에 훈기라고는 전혀 없으니
추워서 견디기가 너무 힘들어요

고가차도 위 씽씽 차들은 지나가고
그 밑에 걸인은 와달달 몸을 떨면서

찬바람이 잦기를 기다린다
고가차도 밑과 방 안 사이는

추워서 죽겠다 춥다는 말
그 한 마디 차이 뿐인 것을

연탄난로 위에다
아내가 김치찌개를 올려놓는 것을 본 뒤

밖으로 나왔다 두부를 사기 위해

금융위기로 철공소를 폐업한 뒤

자식들과 찢어져 살게 되면서

이젠 찌개에 두부를 반 모만 넣어도 된다

不眠症

이를 악물고 잔다 왜 자면서도
이를 윽물고 자야만 하는 것인가

잡다한 생각으로 이를 마고믈다
꼬리에 꼬리를 물고 이어져

이를 억물게 만드는 머리와 가슴을
심하게 짓누르는 染汚를 지웠다

생각을 지우지 못하면 잠들지 못한다
생각을 끊었다

잠들지 못하는 밤이면 끊어지지 않고
연이어 이어지는 結使로 인해

자다가 잠에 들어서도
이를 사리물다 갑자기 깨고는 했다

원청업자에게 건설 공사대금을 떼인 뒤
오랜 시간을 불면증에 시달린

독악한 그들과의 인연을

이젠 털어내야만 한다

擯不與言* 하지 않으면

禍를 면할 수가 없다

잠 못 이루면 얻은 결론이다

독악한 그들과의 인연을

* 아주 멀리하며 아는 척도 하지 않음

재롱이

죽은 지 열 달 하고 열흘이 지난 뒤에도
그칠 줄 모르고 내리는 저 비는 구성지다

옆집 강아지 재롱이 눈빛을 닮은 빗소리는
굵은 바늘이 돼 그녀 가슴속을 마구 찌른다

열 한 달하고 열하루가 지난 뒤에도
쉼 없이 내리는 빗소리는 재롱이다

재롱이는 열아홉 살하고도 두 달 만에 죽은
옆집 개 이름이다

살아서는 아줌마와 아저씨에게 재롱을 부리던
저승에서도 누군가에게 재롱을 부릴

여전히 앞발을 들고 재롱을 부리며 귀염을 받을
아니 누군가의 재롱을 받으며

즐거워할지도 모를 재롱이

슬픈 주검

법의학자인 그는 죽은 이를 검시하기 전
시신을 툭 건드려 본다고 한다

그런 뒤 반응을 보이지 않음
사진을 찍은 뒤 부검을 하고

분석을 위해
조직 샘플을 떼어낸다고 한다

해부실로 시구를 옮긴 뒤 수술 칼을 들고
쇄골에서 흉골까지 브이 자로 가른 뒤

다시 흉골에서 치골까지
절개를 계속해 나갔다

메스 질에 그의 몸이 열렸다
사십이 넘도록 결혼도 않고 오층 연립주택에서

혼자 살았던 그는 청각장애인이었다.

하늘 길

시작할 때가 돼 시작해야 할 일이라면
시작하면 되고

끝낼 때가 돼 끝내야 할 일이라면
끝내면 된다

기쁨이나 노여움 살아가며 만나게 되는
그저 그런 일상적인 두려움이란 것

시작이 있는 모든 건 다 끝이 있다
아예 시작도 말았어야 했다

치매 노인

면목동 124번지에서 집을 나간
키가 크고 등이 굽은 팔십 대 노인을

그 며칠 뒤 청량리 역 시계탑 앞 CCTV에 잠시 잡힌
누군가 보신 분이 계시는지요, 이 어른을

일 년 육 개월이 넘도록 감감 무소식이 돼버린
저녁 식사 맛있게 잘 드신 뒤

슬그머니 사라진 경호 할아버지를 찾습니다.
치매 노인 40만 시대에 십 년 뒤엔 70만이라

이젠 그 어떤 이도 자유로울 수 없게 된
온다 간다 말없이 슬그머니 증발된 뒤

일 년 육 개월 하고도 이십 일이 지난 어느 날
지방 경찰서로부터 급하게 연락 받고서

아들이 집으로 모셔온 그 열흘 뒤에 숨을 거둔
옆집 기봉이 춘부장

천안문

오후 두 시에 꽃을 봤다 담장 위에 핀 꽃을 보았다
시붉은 꽃을 본 시간은 정확하게 오후 두 시였다

내가 꽃을 바라본 시간에 그도 꽃을 보고 있었다고 한다
그와 나는 같은 시간 다른 장소에서 불망울 같은 꽃을 봤다

정원사는 전정가위를 들고 꽃의 가지를 잘라내고 있다
가지를 잘라내다 담장 밖으로 내민 선드러진 그 어깨를

오후 두 시였다 그 꽃의 목이 잘린 시간은 그도 봤을까
피를 뿜어 올리던 선홍 빛 장미의 모습을 아니다 그 시간에

그는 담장 위에 올랐다 한다 담장에 올라 담장 밖으로
가지를 뻗어 나간 붉은 장미를 가위로 잘라낸 시간도

천안문 사태로 인해 옥에 갇힌 그가 고문 후유증으로 삶
을 마감한 시간 역시 두 시였다
유월 어느 날 중국의 한 교도소에서 숨을 거둔 그의 이름
은 무명씨로 분류됐다

그러나 용케 살아남은 이도 있다
광장시위대에 대한 강제 진압 명령을 목숨 걸고 거부한 뒤

베이징 인근 친청 감옥에서 항명죄로 오년 간 옥살이 뒤
마지막 일 년은 경찰병원에서 형기를 마친 항명 장군이라
불리는

역사의 공신으로 남진 못해도 죄인만은 될 수 없다고 한
쉬친셴이다
발포 명령자인 등소평은 그 후 대륙의 아버지로 추앙 받
으며

자신을 화장한 시신은 중국과 대만 사이 해협에 뿌려 달
라고 했다 꽃비가 돼 흩날리는 저 꽃잎처럼
그러나 역사의 수레바퀴는 거듭 반복해 돈다고 했던가

튀니지에서 시작 돼 이집트 리비아에서 바레인으로 일파
만파 이어진 재스민 혁명이
중국에서도 민초들의 봉기로 불 같이 확산되기를 기대해
본다

그리고 북한도

閔氏

나보다 일찍 그보다는 조금 더 빠르게
죽겠다는 죽게 될 거라는 가장 단명하게 될 거라는

그렇게 말씀 하신 짧게 뱉었던 그 말은
주변인들이 함께 삶을 살아내면서

느리게 아님 빠르게 알게 될 명이 짧다는 당신 말에 대해
제 자신이 우리들 중에서 가장 인중이 짧다고 한

그 말은 곧 증명되었다 자신이 내뱉은 말을
어느 날 재개발 현장에서 이주민의 화염병에 맞아 실현한

허무를 쫓아내기 위한
죽음으로 보이지는 않았지만

어딘지 모르게 할복으로 생을 마감한 미시마 유키오와
닮아보였던 그

즐거운 고통

고통스럽지 않은 바로 그 것이 즐거움이다
고통스럽지 않으려면 고통을 겪어내야만 한다

크고 작은 고통이 끊임없이 이어지는 세상 섭리는
지나간 과거나 현재 미래로까지 고통이 이어진다

고통 없이 어떻게 고통에서 벗어날 수 있을 건가
고통을 겪어낸 뒤에야 즐거움을 알 수가 있는 법

즐거움을 알려면 고통은 반드시 겪어내야만 한다.
고통 받고 있는 스스로를 유체이탈 해 바라다보면

알 수 있다 고통과 즐거움의 차이를

환생

마음속 빈자리엔 무덤 두 기 아니 셋 넷
다섯 여섯 일곱 기가 서 있다

오래 전 파헤쳐져 이장한 유골들은
이젠 모두 지워졌다고 생각했건만

뉘 무덤인지도 모르는 무덤 옆에 핀 영산홍처럼
언제부터인지는 모르겠지만

그것들은 살아 움직이고 있다
가슴속 꿈틀거리는 꽃을 꿈에서 봤다

강남 터미널 부근 어떤 꽃집에서
붉은 영산홍으로

다시 태어난 무덤 속 주인인 그들을
한 송이에 오백 원씩 도매금으로 팔았다

대리인

너를 대신하고 그를 대신한

창을 대신하고 방패를 대신하고

총을 대신하고 법을 대신한

악을 대신하고 선을 대신한

대신 한다는 대리인에 대해 생각해 봤다

대신 한다는 것

대신할 수 없는 것들을 어떤 어려움이라도

대신하겠다는 대신 해주겠다는

이들에 대해 깊이 생각해 봤다

미해결 상태인 일들을 해결해주겠다고

나서는 대리인들을 봤다

그들은 상당한 금액의 수고비와

성공보수를 요구해 온다

물론 확실한 마무리를 위해선 직접 해야만 한다

장례식장

어떤 이는 주례 앞에 몇 번씩 서기도 하는 자리에 한 번
도 서 보지 못한 채
맛문한 삶을 끝낸 그가 나직하게 말했다 장례식을 끝으
로 정말 끝이 난 건지

이곳에서 겨우 끝을 본 지루하고 공허한 삶이 또다시 시
작되는 건
아닌 것인지 그 누구도 모르는 비밀 앞에서 지겹게도 긴
지루함의

반복인 일상을 작은 의자에 앉아 민원인들의 하소연과 함
께 시간을 보낸
결혼도 못한 채 삶을 소소한 민원 업무와 민원인에 대한
봉사로 마치게 된

지루함에 공허함을 두루 섞어 가꿔 놓은 것 같은 고요한
묘원에서
누군가를 만날 계획도 없이 활기를 느낄 수 없는 묵직한
관에 누워

스님 예불 소리와 함께 이제 다른 세상에서 모습을 보이

려는 그

　새로운 삶이 시작 될 때마다 시청이나 도청에서 비슷한
공무를 봐야 했던

　이번 삶도 예외 없이 말단 공무원으로 시작해 삶을 끝내
게 돼 있는
　그렇지만 다른 프로그램도 추가된 건가 복도 끝에 서 있
는 한 여자

　그녀에게서 빛을 보았다 한 번도 본 적이 없는 그 여자에
게 다가서려면
　온힘을 다 해 오랜 시간을 밀고 당겨야만 할 것 같은

　來來世世 먼 곳에 서 있는 여자에게서 우렁찬 아이 울음
소리를 들었다
　외로움만 가득했던 그에게 삶의 윤활유가 될

　이번 생은 다르다고 다시 한 번 굳세게 살아보길 권하는
낮은 목소리에
　죽음과 익숙해져도 살아남을 수 있는 건 사이보그뿐이라
는데

　다음 생에서라도 그는 평범한 남자의 삶을 살아 볼 수 있
을 것인지
　누군가 저승에서 속삭여 준 그 말은 믿어도 되는 것일까

불란서 빵집의 비애

죽기 네 시간 전 그가 열어놓은 남색 창문 앞
식탁 앞에 앉아 그의 아내는 이제 막 구운 빵을 먹고 있다

그녀는 빵을 지금 맛있게 먹고 있지만
그녀가 먹고 있는 블루 베이글이 아닌

그가 죽어 먹게 된 크림빵은 맛을 느낄 수 없다
그녀도 삼십 년 뒤 그가 간 길을 걷게 되었다

아내도 역시 남편처럼 맛없는 빵을 먹게 됐다
죽음이란 정녕 맛이 없는 빵과 같은 것일까

알 것 같기도 하건만 모른다고 말할 수밖에 없다
어쩌면 블루 베이글 이상의 맛을 보게 될지도

그럴 수도 있겠다 영구차를 마을 앞 공터에 세워 놓고
아홉 살 먹은 손자와 일곱 살 손녀와 함께

조상들이 묻힌 선산에 그곳만은 가기 싫다던 어머니를 모신 건
공교롭게도 그 아버지가 세상 버린 나이인

아들 나이 서른아홉 가을이었다.

이젠 그 아들도 빵을 굽는다

꽈배기 도넛과 블루 베이글 외에도

또띠아와 바게트 단팥빵과 잡채 고로케

곰보빵을 비롯한 치즈 인 치즈 베이글까지

단것을 좋아한 그 할아버지를 닮은 것인지

이빨이 다섯 개나 썩은 손자는 요즘 치과를 다니고 있다

길고양이

길고양이와 길 강아지는 길이 키운다
길가에 뿌리 내린 가로수도

길은 버려진 모든 것들을 품어 안는다.
어제 밤에도 봤다 키우던 고양이를 내던져 길고양이로

검정 강아지도 길 강아지로 만든
승용차를 타고 가다 품에 안긴 고양이와 강아지를

슬그머니 길에다 버리는 자닝한 손을 봤다
저런 손들은 잘라내 길 위에 던지고 싶다

저런 손도 잘려져 버림을 받게 되면
길손이 되는 걸까 길가에 버려진 손

그런 손들도 길은 키울 것인가
키우게 될 것이다

그렇다 길은 모든 것을 받아들인다
저 수많은 고양이와 강아지처럼

아니 그런 손들은 응징을 해야만 한다
그 어떤 누구의 힘을 빌어서라도

어제는 광장동에서 화가 김점선을 만났다
그제는 종로 오가 화초 거리에서 소설가 윤후명과 이재인을

오늘은 혜화동 로터리 벤치 앞에서
오전엔 시인 박제천과 친구인 도경재와 오만환을

오후엔 샘터사 사장인 김성구를 만났다
우리들 모두는 길고양이나 길 강아지와 다름없는

길 위의 인생인 건가
그들 모두를 나는 길 위에서 만났다

망나니

오늘 그의 칼에 뎅겅 목이 달아난 저 둘은 뉘 집 자식인가
살인죄로 목이 잘린 두 녀석 중 한 놈은 뱃사공의 자식

또 다른 녀석은 씨익 웃으며 이 판서 댁 노비 자식 개동이
라며
거 아프지 않게 한 번에 뎅강 떨어지게 해주시오

잔칫집에 눌러 앉아 술상 받는 기분으로 천연덕스럽게 목
을 쑥 내놓는
웃통 벗은 채 시퍼런 칼을 들고 휘휘 돌다 칼날을 휘둘러
한 칼에 벤 목

염병할 인생살이 오늘 이 칼로 녀석들 목숨을 거뒀으니
주검을 앞에 놓고 막걸리나 퍼 마실 수밖에

강변 백사장에서 그들의 목을 친 그로부터 수십 년이 흐
른 어느 날
그는 꿈을 꾸었다 산등성이에 진달래와 개나리 흐드러지
게 핀 봄날에

어느 집 마당에서 팔순 잔치가 벌어지는 것을 봤다

아들 다섯에 딸 셋 여덟 명의 자식들과 같은 수의 며느리
와 사위

그리고 손자 손녀들에게 둘러싸인 다복한 노인이 잔칫상
을 받고 있는

노인네 얼굴을 천천히 들여다보니 젊어 그의 칼에 맞아
목이 떨어진

나이 서른에 죽은 개동이었다 그가 살아서 팔순을 맞는 꿈

노인은 이승에서 누리지 못한 천수를 저승에서 누리고 있
다며

그 앞으로 다가와 고통 없이 자신의 목숨을 단번에 끊어
준 그에게 감사하다는 말을 건네는 것이 아닌가,

이제 그만 이승에서의 살날도 얼마 남지 않은 것 같으니

마음의 짐을 내려놓은 뒤 편히 계시다 다시 만나자던 그
의 말과 함께

노인은 꿈에서 벌떡 깨어 일어나 머리맡에 둔 자리끼를
마신 뒤

수전증으로 인해 떨리는 손으로 대들보에 새끼줄을 걸었다

영정사진

환하게 웃고 있는 사진 속 얼굴 앞에서
향불을 피워 올린 뒤 재배했다

웃을 일이 없었던 그는 웃고 있다
살아 웃을 일이 없었던 친구였지만

정작 영정 사진 속에선 크게 웃고 있다
함박 웃는 사진 속 얼굴 앞에서

그래 나는 틀렸다 들이웃는 얼굴 앞
웃고 살라는 웃음 앞에서 따라서 웃지도 못한 채

영안실 구석에 앉아 소주 몇 잔을 마신 뒤
그러다 끙 허리 펴고 일어서 복도로 나와

줄줄이 늘어선 흰 국화꽃 화환 뒤에서 울음을 삼켰다
그를 다시 볼 수 없다는 건

여전히 실감이 나지 않았다 나중에 알게 된 일이지만
그는 자신의 몸에서 빠져나온 뒤

울먹이는 나를 한참동안 지켜봤다고 한다
하늘에서 가장 반갑게 나를 맞은 이도 그 친구다

그와 헤어진 뒤 오십 년이란 시간이 흐른 뒤였다

하리잔

미안해 배신해서 정말로 미안 그렇지만 우정은 변하지 않
을 거지
이곳에 다신 오지 마 이런 식이면 곤란해 오지 말라며 거
품을 뿜어대던

도울 수 있는 일은 돕겠다더니 돕기는커녕 답답한 사람이
라며
행동이 아닌 말로만 돕겠다며 은연중 자신의 우월함만을
드러낸

자신이 필요할 땐 하루에 열두 번씩 전화질로 사람을 지
치게 하다
그렇지 않을 땐 낮 시간 내내 전화를 걸어도 묵묵부답에
수신불가인

친구와 동료 선배라는 이름으로 수십 년을 만났던 이
들이
내게 보인 말과 행동에 오십여 년 인생을 살아내며 겪은
일들은

그들에게 가난한 나는 만나고 싶지 않은 대상
곁에 있기만 해도 소름이 돋는 불가촉천민

그는 내게 말했다 자신에겐 내가 기피인물 일호라고
이 모든 말들을 취합 정리하게 되면 부덕의 소치란 말이
떠오르게 된다

그러나 친구와 동료 선배여 경주는 아직 끝나지 않았음을
그대들은 모르는가
음지가 양지 되고 양지가 음지 되는 이치를 당신들은 곧
알게 될 것이다

내게도 변화가 있다 작은 변화라고 하지만 결코 작다고
할 수 없는 변화
내 안에서 시작된 혁신으로 인해

하리잔에서 일순간에 브라만이 되는 것을
믿을 수 없겠지만 그대들은 곧 보게 될 것이다

그저 희망사항이다

닥터 정

앞에 서 있는 뒤에 선 수많은 사람들
그들 모두는 백년 뒤엔 죽었다

시간은 칼과 창을 든
진시황의 군대도 아니건만

이 땅 위에 발 디딘
모든 이를 죽였다

성직자와 철학자
정치인과 장사치까지도

백년 뒤에 시간은
그들의 육신을 땅에 묻었다

시간을 거역할 수 있는 이
그 누구일 것인가

현대의학이란 이름으로
시간에게 도전 하겠다며

생명연구실에서 밤과 낮을 잊은
닥터 정에게 기대해 보자

불로장생의 꿈을
그도 결국은 죽었다

그러나 그의 연구는
후학을 통해

계속 발전 할 것이다
알 수 없는 일이긴 하지만

告白

당신은 너무 해 정말 해도 해도 너무 한다는 말을
네 앞에 선 채로 한참동안 들은 뒤

빗자루를 들고 앞마당을 쓸어내고 걸레가 돼 방바닥을 밀어대다
너무 작고 추레한 나 자신을 걸레질로 훔치며 당신 발아래 엎드려

나가 꺼져 버려 당신 얼굴을 보면 사흘 전 먹은 밥알들이 곤두서
아니 나가서 뒈져버려라, 잠시 잠깐이라도 그 말만은 미뤄주시길

지금 이 말은 부탁이야 애원이라고 재주가 무재주인 나를 선택한 네게
나는 기본적으로 미안함을 깔고 산다

내가 미쳐서 미안하다는 말을 했다지만 그 말을 뇌까리는 네 입술은

정말 매력적이다 오늘 아침 붉은 그 입술에 아 아 나는
정말로 미쳤다

언젠가 네가 선물로 준 붓필을 들고서 나는 미쳤다고
썼다
미안해 미안하다고 말하는 우스운 꼴 앞에서 재주 없는
간판장이인 내게

인생을 건 후반부 인생을 올인했다는 네게 나는 억지로라
도 미안하다
내가 네게 미안하다 미안해 너는 내게 네 것을 주었는데
주기만 하고

받진 못한 네게 미안 주지는 못하고 받기만 한 나는 네게
미안하다
정말로 미안

미안, 미안, 미안, 전혀 안 미안해

가시

뱉어 놓은 가시처럼

뼈만 남긴

한쪽 눈알 밖에 남아 있지 않은

시궁창에 던져진 고등어 가시도

한때는 푸른 바다를

힘차게 헤엄쳐 나가던

나도 그렇고 그도 그렇다

싱그러운 그런 시절이 있었느니

그는 생선인가 여기저기서

한 점씩 떼어 먹힌 살점에

그래 그렇다 그와 나는

뼈만 남아

길가에 내던져진

꽁치와 동태 고등어다

노인과 바다의

산티아고 翁이 잡은

돛새치가 상어들에게 뜯겨

뼈만 남았듯이

피아니스트

오랜 시간 병상에 누워 있었던

그렇지만 편안해 보이는 얼굴

가을이다 파란 하늘 뚝 당겨

이젠 건반을 두드릴 일도 없고

곡기를 취할 이유도 없는

벌린 입 반짝 은니를 드러낸

푸르스름한 입술을 봤다

그러나 마지막 연주를 위해

무의식 상태에서도 피아노 건반을 머릿속에서 그렸을

숨이 넘어가는 그 순간에서야

그는 니콜로 파가니니를 만난 것인가

그래 그곳에서 무엇보다 우선해

바이올리니스트를 만났으리라 생각 된다

그와의 협주곡은 카니발이었을 것이다.

자식을 다섯이나 낳았지만 아무도 찾아오지 않아

임종을 지킬 이 없는

병실 창문 밖으로는 나뭇가지에 매달린

마지막 은행잎이 가을바람에 흔들리고 있다

大悟

지나간다 치졸한 허명 때문이었던가
무언가를 드러내 보이기 위해

허허로운 웃음을 날리며 새털처럼 가볍게 처신했던
그런 시간들은 흘려보냈다 모두 흘려보낸 뒤

그 시간은 나만의 시간이었다
아니 나만의 시간이 아닌 그들과 부딪힌 시간이었다

그래 그들도 흘러갔다 나도 또한 흘렀으므로
그런 시간들은 불쾌했다 때로는 무익했다

그러나 시간도 지나가고 순간도 지나간다
모든 건 찰나에 지나가게 된다

무익함과 불쾌함이 뒤섞인
그런 누비함을 통과한 뒤

최후의 한 사람이 돼 *廓徹大悟*를 외친
모자람은 없는 것인지 스스로를 돌이켜봤다

나를 꿰뚫어 볼 수 있는 밝은 눈은 무엇인가
담담하고 질박한 것에서 다시 찾기로 한다

새롭게 시작된 그것이 무엇이며 어떤 길인지

〈강만수 시인의 시세계〉

무연사회(無緣社會)의 고독(孤獨) 종결자

고정욱(소설가, 아동문학가)

우리 사회도 이제 급격히 고독한 사회가 되어 가고 있다. 아파트에 살면서 바로 옆집과 인사하지 않고 지내는 건 새로운 일도 아니다. 젊은이들이 연애를 하지 않고, 패션에 신경 쓰며, 혼자 취미생활을 하고, 반려동물이나 키우며 사는 초식남녀(草食男女)가 되어 가는 것도 이와 무관하지 않다. 거듭되는 경제 위기로 인해 삶의 여유는 찾을 수 없고 궁핍함이 더해진 탓에 인간관계는 단절되고 고립이 심화되고 있다. 소위 말해 무연사회(無緣社會)가 돼 가고 있는 것이다. 무연사회의 가장 큰 피해자는 누구인가. 다름 아닌 노인들이다. 이미 노화는 곧 빈곤의 등식이 되어가는 이 시점에서 아무도 돌보지 않고, 챙기지 않는 노인이야말로 무방비로 위험에 노출되어 있다. 게다가 가난이 노인뿐만 아니라 사회 전반에 만연하니 승자독식 무한경쟁의 논리에서 그들이 발붙일 곳은 없다.

자식에게까지 버림받고, 이웃에게 소외되는 노인들이
우리 주변에서도 속출하고 있음은 다가올 미래에 대한 경
고라고 볼 수 있다. 우리 사회가 점점 각박해져 가고 있지만
저마다 코앞의 현안인 생계와 복잡한 여러 과제들에 함몰되
어 아무도 그것을 미리 내다보고 준비하고 있지 못하다.

그러나 강만수 시인은 그의 일련의 시에서 시인의 혜안
으로 삶과 죽음에 대한 예지적인 성찰을 보여주고 있다.

노인 옆에 놓인 긴 의자에 앉아 있는 개를 바라봤다
개는 꼬리를 살랑살랑 치면서 노인을 향해 웃고 있었다

노인의 기색을 살펴보다 노인 옆 개도 보았다 노인과 닮은
꼴인
얼굴 피부 전체가 축 늘어진 노인이 개를 닮은 것인지

개가 노인을 닮은 건지 아무튼 늙은 개와 노인을 봤다
은박지에 싼 으깬 감자를 접시에 올려놓고 먹고 있는

의자에 앉아 있는 노인이 감자를 먹고 있는 건지 늙은 개가
감자를 먹고 있는 것인지 개와 노인은 함께 먹고 있다

노인 옆에 놓여 있는 나무 의자에 앉은 개를 바라보다
삽살개를 천천히 쓰다듬으며 힘겹게 웃는 노인과 시선이
마주쳤다

감자를 개에게 먹이는 노인은 개를 향해 추파를 보내는 것
인가
개와 노인을 지켜보았던 그 순간 둘은 오래된 연인처럼 보
였다

먼 과거가 돼버린 젊은 시절로 되돌아가 아니 미래로 여행
을 떠나려고 하는 여행객처럼
그 둘은 함께 길을 가려는 것인가

개 같은 늙은이와
늙은이 닮은 개

〈無緣社會〉6 전문

늙은 개는 노인과 친구가 되어 있다. 이제는 모든 삶의
현장에서 물러난 노인의 마음. 그것은 곧 늙은 개의 마음
과 같다. 주변의 지인들, 힘겹게 길렀던 자녀들, 그리고 반
려자까지 모두 떠나보낸 고독한 존재가 된 뒤 개 한 마리
만이 그의 곁을 지킨다. 과거로 돌아갈 수도 없고, 남아 있
는 미래는 결국 죽음 뿐, 시인은 늙어 가는 인간의 비애를
이토록 담담히 그려내고 있다.

일시적 감정으로 죽음에 이르기는 쉬운 일이지만, 어떤
일에 마주쳤을 때 마음 편히 느긋하게 무엇이 의(義)인가
를 생각해서 몸을 처하는 것은 한층 어려운 일이라고 중국

190

송대의 성리학자인 정이천(程伊川)이 말했다. 늙는 것은 서러운 것이다. 누구나 피하고 싶지만 결코 피할 수 없다. 이 땅에 왔던 사람이 모두 가는 길, 그것은 바로 죽음이다. 그의 주변 사람들도 그렇게 갔다. 아니, 우리 주위 사람들도 모두 다 그렇게 간다.

뷔페식당 테이블 앞에 앉았다 온갖 음식들을 잘 차려놨지만
입맛이 깔깔해 맛있다는 생각이 들지 않는 느끼한 음식을
바라보다

장인인 이춘쇠 어른께 전화를 넣었다 이흥우 선생과 이형
기 시인에게도
그가 전화를 걸었던 그들은 이미 세상을 뜬 이들

세상에 존재하지 않는 그와 절친했던 이들에게 전화를 걸
었다
아무도 받을 수 없는 전화를 테이블 앞 의자에 앉아 번호
를 눌렀다

그들 중 누군가 전화를 받을 것 같은 막연한 기대로
그곳에 혼자 앉아 잘 차린 음식들을 마주대한 채

시인 이영유 형에게도 전화를 다시 걸고 있다 맛을 느낄
수 없는
혼자서는 먹고 싶지 않은 온갖 빛깔로 화려한 음식 앞에서

　아무도 받지 않는 받을 수 없는 전화를 떠난 이들에게 걸
고 있다
　이 번호는 없는 번호이오니 확인하신 뒤 다시 걸어주시기
바랍니다

　백번을 걸었어도 전화를 받지 않는 죽은 그들은 이 세상에
없다
　이씨들만 먼저 갔다 이씨들은 저승에 무슨 급한 볼일이 있
는 것인지

　이럴 수가 세상의 그 많은 李氏들 중 내 곁의 그들만 먼저
세상을 떴다

〈李氏들에게〉 전문

　그의 주변에 있는 사람들이 하나 둘씩 떠나고 있다. 장
인부터 선배, 친구까지. 그의 편이 되어 응원해주던 사람
들이 떠나가는 쓸쓸함을 그는 이미 체험해 알고 있다. 게
다가 그들은 공교롭게도 다 이씨다. 비장한 시에서 어이없
는 실소를 하게 만드는 그의 재주가 번뜩인다.

　그렇다. 죽음도 다시 보면 코미디다. 애써 약속해 놓고
약속 장소엔 나가지도 못하고 다음 날 죽어버리거나, 뭔가
주겠다고 들고 오다 하수구에 빠져 죽어버리는 것, 살겠다
고 혁명을 일으켰다가 총에 맞아 죽는 게 아니라 회식자리

에서 찹쌀떡이 목에 걸려 죽어버리는 게 코미디가 아니면
뭐란 말인가. 이처럼 죽음은 우리 곁에 늘 있는 것이다. 이
씨도 죽고, 김씨도 죽고, 고씨도 죽는 법이다. 그러니 죽음
앞에서 안달복달할 일이 아니다. 하루라도 더 살겠다고 보
약을 섭취하고 섭생을 노력 할 필요도 없다. 다가올 죽음
앞에서 마음 편히 느긋하게 죽음을 받아들이고 거부하지
않는다면 죽음은 번다한 삶을 끝내기 위한 휴식이 될 수도
있다.

휴게소 건물 뒤에서 오래 전 가족 영화를 찍었던 그
건물 뒤쪽 하나밖에 없던 관리인 방에 임시로 살고 있었던

노부부가 생각났다 무릎을 꿇고 아내에게 옷을 갈아입히던
욕망이 없는 상태랄까 욕심을 모두 비운 뒤 밥을 떠먹이던

치매 걸린 아내와 남은 인생을 함께하겠다던 그가 생각났다
이 곳 저 곳을 옮겨 다니며

카메라 앵글을 돌리다보면 만나게 되는 노인들은
빛이 안 드는 동굴 속 침대에 누워 있는 것 같다

잠을 자다 잠 속에서 공포에 질려 깨어 일어나 앉게 된다는
그는 그 아내와 함께 난민수용소 같은 그곳을 나가겠다고
했다

노부부가 함께 그리고 곱게 늙어간다는 것은 현실에선 이루기 힘든 이상일 뿐인 건가. 남편은 치매 걸린 아내와 남은 인생을 함께 하려고 했지만 결국 아내의 병 앞에서 동반자살로 생을 마감한다. 늙은이들 또는 버려진 독거노인에게 이 세상은 포로수용소다. 인간다운 최소한의 대접도 받을 수 없는, 이 사회에서 노인들이 갈 곳은 바로 죽음 그것이다.

목숨을 끊을 수 있는 용기, 스스로 삶을 마감할 수 있는 결단력을 결연한 자세로 보여주는 그들에게서 시인은 때로는 처연한 아름다움을 느끼기도 한다. 몸이 늙어가는 것을 참고 견디며 삶을 지켜내려 무진 애를 쓰지만 결국 다른 이에게 구차하게 의존하지 않고 스스로 삶을 끝내는 행위에선 인간의 마지막 자존감이 드러난다. 인간이기에 가능한 마지막 행위가 인간다움을 끝내는 것이다. 이렇게 그의 시에서는 담담하게 죽음을 다룬 시들이 많다.

시작할 때가 돼 시작해야 할 일이라면
시작하면 되고

끝낼 때가 돼 끝내야 할 일이라면
끝내면 된다

기쁨이나 노여움 살아가며 만나게 되는
그저 그런 일상적인 두려움이란 것

시작이 있는 모든 건 다 끝이 있다
아예 시작도 말았어야 했다

〈하늘 길〉 전문

짧고 간결한 작품이지만 그의 시에서 시인은 시작이 있는 것은 반드시 끝이 있음을 말한다. 이것은 곧 순응의 태도이고 삶을 받아들이는 것이다. 죽음이라는 절대 단절, 절대 폭거 앞에서 저항은 무의미하다. 마음을 비운 상태에서 순응해야 한다. 마치 거울에 물체가 비치는 것처럼 죽음을 있는 그대로 마음에 바르게 받아들인다. 그리고 그것에 순응해서 올곧게 처신을 하면 된다. 쓸데없이 삿된 생각을 넣어서 마음에 동요를 오게 해서는 안 되는 것이다.

〈무연시대〉 1과 비슷한 작품인 〈마지막 여행〉도 마찬가지다. 노부부가 호텔에 도착한 뒤 그 부인은 신혼여행 와 첫날밤에 들뜬 마음으로 입었던 옷을 입고 남편과 함께 조용히 삶을 마감한다. 순응의 미학이다. 이것을 볼 때 시인이 그리는 미래의 삶은 결코 기쁘거나 즐거운 것이 아니다. 늙는 것은 무척이나 두렵고 고통스러운 일이다. 또한 불안함이다. 그러므로 삶을 인내한 뒤에 맞게 되는 그의 죽음에 대한 기대는 간혹 반가움이기도 하다. 이 세상에 와 큰 과오 없이 삶을 마감하는 기쁨이기도 하기 때문이다.

암이란다
그냥 구경만 했다

인생은 어쩔 수 없는
시간이 있다

그럴 때는
받아들이도록 하자

내게 허락 된 시간만큼
그러나 견디기 힘든 건

곁에 아무도 없는 상태에서
죽음을 맞아야 하는 것

암보다 두려운 건

그 순간이다

〈孤獨死〉 전문

나른하다 또한 노곤하고 날짝지근한

마음으로 인해 몸은 자꾸 어딘가에 벌렁 눕고 싶은

그러다 말겠지 했다 그리하다 말고는 했다

낯설게 느껴지는 그런 시간들이 종종 몸 안에서 들어왔다
나갔다

잠자리에서도 그랬고 잠자리 밖에서도 그랬으므로

별일 아니려니 했다 그러나 별일 있음으로 인해

이제는 몸을 쉬게 한 뒤 찬찬히 몸 안과 밖을

노곤한 건지 축축한 것인지 그 상태를 살핀 뒤

그곳을 지나가야 할 것인지 머물러야 할 것인지 판단해야
만 했다

죽음은 그런 모든 길들을 거친 뒤 갑작스럽게 그에게 다가
왔다

천상에서 만난 다른 이들도 말했다 모두 비슷한 길을 걸어
왔다고 한다
죽음으로 인도하는 지름길은 病이다

고맙게 생각한다.

〈病〉 전문

생로병사는 삶의 한 과정이다. 그러나 치명적인 병에 걸
려 죽음을 받아들여야 하는 순간은 누구에게나 고통스럽
다. 그런 고통을 누군가와 나누고 싶지만 주위의 반응은
싸늘하다. 뭐 어쩌란 말이냐는 태도가 바로 이 시대가 우
리에게 주는 암보다 더 큰 고통이다. 손을 놓은 채 그저 구
경만 하고 있는 이들을 바라보게 되면 애정을 들였던 관
계, 모든 것을 바쳐 헌신했던 존재들로부터 버림받은 자신
의 모습을 발견하게 된다. 절대고독 속에서 죽음을 맞이하
고, 그럼으로써 죽은 뒤에도 한참 뒤에나 발견되는 고독사
가 남의 일이 아님을 인지 할 수밖에 없다. 누구나 가는 길
이긴 하지만 결코 그런 식으로 삶을 마무리 하고 싶지는
않은 것이다.

〈病〉에서는 천상에서 만난 다른 이들은 자신들도 그런
길을 걸어왔다고 한다. 힘들게 버텼고 때가 되어 떠나왔다
고. 그러니 어찌 보면 병조차 고마울 수밖에 없다. 불가항

력이기에 차라리 마음이 편하다. 그렇다. 병이 있기에 사람
은 죽고 병이 있기에 삶을 마감할 수 있다. 죽음으로 이르
게 하는 병조차도 감사할 수 있는 삶의 여유는 자신의 분
야에서 열심히 살았기 때문에 얻는 것이 아닐까. 최선을
다하지 못한 자만이 후회를 하고 아쉬움과 미련에 가슴을
치는 법.

저승길 떠날 때는
노잣돈도 필요 없는 것인가

수의에는 주머니가 없다
이승의 모든 것들을

그냥 모두 둔 채로 가면 된다
그렇다 저승길 떠날 때는

그 무엇 하나
지니고 갈 것이 없다

지극한 사랑과
지독한 증오도

모두 다 내려놓고 가면 돼
그래 그렇게 가면 된다

모두들 떠난 길
그 길을 언젠가

가면 된다
이 세상에 온

그 누구도 피할 수 없는 길

〈주머니〉 전문

아등바등 애쓰며 노력했던 삶이지만 죽을 때는 결국 주머니 없는 옷을 입고 가는 것이 우리네 인생이다. 시인은 바로 그러한 삶의 지혜를 먼저 깨달은 사람이다. 그렇기에 수많은 죽음의 미학을 통해 우리들에게 이야기한다. 세상에 안녕을 고하라고, 집착을 버리라고……. 그럼으로써 자유로워지라고…….

그 시간은 나만의 시간이었다

아니 나만의 시간이 아닌 그들과 부딪힌 시간이었다

그래 그들도 흘러갔다 나도 또한 흘렀으므로

그런 시간들은 불쾌했다 때로는 무익했다

그러나 시간도 지나가고 순간도 지나간다

모든 건 찰나에 지나가게 된다

무익함과 불쾌함이 뒤섞인

그런 누비함을 통과한 뒤

최후의 한 사람이 돼 *廓徹大悟*를 외친

모자람은 없는 것인지 스스로를 돌이켜봤다

나를 꿰뚫어 볼 수 있는 밝은 눈은 무엇인가

담담하고 질박한 것에서 다시 찾기로 한다

새롭게 시작된 그것이 무엇이며 어떤 길인지

〈大悟〉 부분

죽음을 준비하고 예측하는 자만이 삶을 풍요롭게 살 수 있다. 죽음이 나의 것임을 아는 자만이 매일매일 하루의 삶에 감사하는 법이다. 죽음을 염두에 두었을 때 주어진 삶을 더욱 열심히 살 수 있다. 그렇게 된다면 무연사회에서 고독하게 죽을지언정 후회는 없다. 이 세상 만물이 다 그렇게 왔다 가는 것을.

시인은 그러한 삶의 진리를 깨닫고 있다. 죽음의 두려움을 알기에 역설적으로 작품 속에서 죽음의 두려움이 느껴지지 않는, 불교의 백팔번뇌를 연상 시키는 듯한 108편의 시로 이뤄진 마치 정밀한 현미경을 들이댄 채 삶의 현재와 과거 미래시간들을 들여다보고 있는 것 같은, 이번 작품집은 그 어느 누구도 이제껏 살펴 그려내지 못한 죽음에 관한 면밀한 신사(神似)로 이뤄낸, 독자로 하여금 내면적으로 깊은 감화를 불러일으키게끔 하는 그런 이유만으로도 이 작품들을 깊이 읽고 느껴야만 하는 당위성은 확보됐다고 할 수 있겠다.

그러므로 죽음에 관한 무량한 세계를 깊고 넓게 그려보인 시인을 이제 다시 주목해야 한다. 그의 시를 읽으면 확철대오(廓徹大悟)의 웅혼(雄渾)함이 가슴을 때릴 것이기 때문이다. 그야말로 무연사회(無緣社會)의 고독(孤獨) 종결자인 그에게서 무명(無明)을 걷어낸 새로운 깨달음의 빛을 느껴보도록 하자.

▣ 강만수 약력

1958년 서울에서 태어나 1992년 「월간 현대시」,
1996년 「계간 문예중앙」에 작품을 발표하며 문단에 나왔다
현재 고려문화 편집위원과 출판 기획자로 활동하고 있으며
시집으로는 「가난한 천사」(1993)와 「시공장공장장」(2010)
「기이한 꽃」(2010)이 있다

저자와의
협의에 의해
인지는 생략함.

無緣社會
(무연사회)

인쇄_ 2011년 7월 10일
발행_ 2011년 7월 15일
지은이_ 강만수
펴낸이_ 이은숙
펴낸곳_ 황금두뇌
주소_ 강북구 수유1동 461-12
전화_ 02-987-4572
팩스_ 02-987-4573
등록_ 1999. 12. 3 재 9-00063호

ISBN_ 978-89-93162-17-2